『集いし異人達よ、
開戦の時です。
傍《はた》迷惑な大木を
へし折ってやりましょう。
戦の女神シグルドリーヴァ様の
ご加護があらんことを！
全軍、攻撃開始！』

「それは私の椅子だ！
触るなあああああ！」
「今日から私の物です」

「スヴェトラーナ・グラーニンです。
ラーナとお呼びください」

Free Life Fantasy Online

フリーライフファンタジーオンライン

〜人外姫様《イモータルプリンセス》、始めました〜 5

子日あきすず NENOHI AKISUZU

ILLUSTRATION Sherry

登場人物紹介

アナスタシア
主人公。リアルでの名前は月代琴音（つきしろことね）。通称姫様。由来は姫プレイではなく、種族やスキルから。不死者のプレイヤーに恩恵を与えるお姫様。装備はドレスとレイピア。ただしレイピアはパリィ用で、主体は魔法。攻撃を魔法で行うジェダイやシスと思えば良いだろう。今回で進化。

アルフレート
レイスからリビングアーマーになり、そこから更に派生進化したデュラハン。装備はバスタードソードに大盾、種族由来のフルプレート。PTではメインタンク。今回で進化。

ほねほね
スケルトン系の人外プレイヤー。種族はリッチ。装備は長杖。スタッフと言われる長い木製のあれ。PTでは純魔のアタッカー。

アメ
双子の男の子。宝石にある『アメトリン』のアメシストの方。種族はレイス系。半透明の人型で、髪と目がうっすらと紫色。一人称が自分の名前の元気系。シンクロタイプ。

トリン
双子の女の子。宝石にある『アメトリン』のシトリンの方。種族はレイス系。半透明の人型で、髪と目がうっすらと黄色。一人称が自分の名前の元気系。シンクロタイプ。

アキリーナ
主人公の妹。リアルでの名前は月代秋菜（つきしろあきな）。種族は人間。装備はハルバードと革系。お姉ちゃん大好きだが、同じPTかというとそれはそれ。リア友2人とネットの友達でPTを組んでいる。PTポジションは遊撃。

ナディア
妹の親友一号。種族は狐獣人。装備はウクレレと布系。PTでは演奏による広域バフ。効果は割と強力だが、演奏中に行動制限がかかるタイプ。

ヘレン
妹の親友二号。種族は兎獣人。武器は長弓と革系。PTでは斥候をしており、種族を生かした音による索敵がメイン。

トモ
主人公の幼馴染み一号。種族は人間。装備は本と布系。PTでは魔法アタッカー。

スグ
主人公の幼馴染み二号。種族はジャイアント。装備は両手鎚と革系。PTでは脳筋アタッカー。

エリーザ
主人公の幼馴染みの社長令嬢。通称エリー。種族は人間。装備は鞭と布系。

レティ
エリーのお世話役。種族は人間。装備は短剣と布系。

アビー
妹の幼馴染みの社長令嬢。種族は天使。装備はハリポタ的なワンドと布系。杖はステータス補正を得るためだけに装備しており、使用していない。人形が本体のマリオネッター。

ドリー
アビーのお世話役。種族は天使。装備は格闘武器と布系。

セシル
「暁の騎士団」のギルマス。種族は人間。装備は双剣と革系。見た目は乙女ゲー出身のイケメン。

ノルベール
セシルPTの演奏担当。種族はエルフ。楽器はマンドリン。ポロローンしてるフナスキン。

こたつ
「わんにゃん大帝国」のギルマス。種族は猫獣人。装備は投擲武器と革系。そこらにある物が武器。

ムササビ
「NINJA」のギルマス。忍者とかではなく、スレイヤーの方。間違いなくゲーム楽しんでるマン。

ルゼバラム
「ケモナー軍団」のギルマス。種族は熊獣人。獣度設定マックスの二足歩行する熊。

ミード
エルフの姉貴。装備は長弓と革系。ザ・エルフ！って見た目の狩人。

フェアエレン
空飛ぶの大好き妖精。複合属性の雷系妖精エクレーシー。

クレメンティア
主人公と同レベル希少種の植物系プレイヤー。緑肌の人型で、植物に乗るアルラウネ。

キューピッド
悪魔から天使への反魂条件発見者。つまり最初の天使プレイヤー。装備は短弓と布系。

モヒカン
お前ゲーム違くね？状態の世紀末ヒャッハープレイヤー。ロールプレイヤーの鑑。装備は短剣と革系。それと汚物消毒用の火系魔法。ミードによるとヒャッハー系良い人。

ヴィンセント
闇系狼種プレイヤー。見た目は格好良いが、言動が残念過ぎる故の通称駄犬。闇系魔法を使う。

調べスキー
検証班のギルマス。種族はエルフ。スキルの検証は勿論、世界設定など幅広く情報を集めている。

エルツ
《鍛冶》スキルの上位層プレイヤー。種族はドワーフ。豪快系ロールプレイヤー。鉱石＝エルツ。

ダンテル
《裁縫》スキルの上位層プレイヤー。種族は人間。SSで値引きしてくれる。レース＝ダンテル。

プリムラ
《木工》スキルの上位層プレイヤー。種族は兎獣人。リアル中学2年生。桜草＝プリムラ。

サルーテ
《調合》スキルの上位層プレイヤー。種族は人間。白衣にメガネでそれっぽい。健康＝サルーテ。

ニフリート
《細工》スキルの上位層プレイヤー。種族はマシンナリー。翡翠＝ニフリート。

シュタイナー
「農民一揆」のギルマス。麦わら帽子にツナギ装備で統一されていて、武器は当然農具。

運営

山本 一徹［やまもと いってつ］
FLFOの責任者。暇な時に生放送とかしたりする。技術者ではなく、纏める人。胃は超合金らしいぞ？

八塚浩基［やつづか ひろき］
大体イベントの時に出てくるゲームマスター。よくGMと言われているやつ。

三武柚葉［みたけ ゆずは］
大体イベントの時に出てくるゲームマスター。よくGMと言われているやつ。

Contents

01——夏といえばキャンプ 5日目 ——009
公式掲示板1 ——037
02——夏といえばキャンプ 6日目 ——049
公式掲示板2 ——056
03——夏といえばキャンプ 7日目 ——062
公式掲示板3 ——077
04——夏といえばキャンプ 最終日 ——084
公式掲示板4 ——124
05——現世《うつしよ》と幽世《かくりよ》 ——141
06——レベル30進化と装備の変化——189
公式掲示板5 ——216
07——日曜日 ——239
08——水曜日 ——252
公式掲示板6 ——272
09——木曜日 午後 ——277

書き下ろし——キャンプイベント・宴会 ——305
書き下ろし——宰相の憂鬱なる日常——316

あとがき——321

挿絵:Sherry
デザイン:浜崎正隆(浜デ)

01　夏といえばキャンプ　5日目

無人島生活　5日目
酷い目にあったが、無事に5日目だ。
仲間達との調査の結果、この島は生態系がおかしい気がする。
1．島で何が起きているのか突き止めろ。

ふむぅ……生態系で当たりだったようですね？　確信できる何かが島にあると思うので、それを探す作業ですかね……。

さあ、張り切ってイベント5日目、始めましょう！

「あ、おはようございます。クレメンティアさん」

「おはおはー」

「聞きたいことがあるのですが、あの嵐でシードが散ったりしてませんよね？」

「特に見つからなかったね。というか、それされると対処不可能じゃない？　ゲーム的処理にしても、なんか光ってるオブジェクトに向かって何かする系？　ぶっちゃけやってらんないと思う」

「まあそうですよね……。竜を中心としてたので、風向き的にもエリア外ですか」

「だねー。台風みたいに円じゃなかったよ」

ちょいちょいリアル寄りのことがありますが、面倒なだけで楽しくないことをわざわざさせはしませんか。拠点の整地なんかはよくある作業ですが……フルダイブ型なので、寝心地に直結しますからね。そっちは皆喜んでやるでしょう。

とりあえず東が大規模イベントなのは察せました。東を警戒しつつ、北と西の調査をすれば良いのでしょう。

「姫様、報告があります！」

「はい、何でしょう？」

「北のワイバーンとリザーダインは、今日もポップ数が激減したままでした！」

「なるほど。経験値稼ぎは望み薄ですか。調査優先ですかね……」

「では仮眠します！」

「ええ、お疲れ様です。おやすみなさい」

スケさんに確認してもらう手間が省けましたね。イベントを進めさせるための運営からの処置でしょうか。それとも楽しいサバイバル生活終了のお知らせか。

今日を入れて後４日。さあ、どうなりますかね……。

「少ねーけど産地直送だ！」

料理しよっと。

「料理の音といい匂いで起きる、まるで新婚気分！」

「寝言は寝て言え」

「それはお隣さんの匂いだ」

「辛辣！」

焼いてるパンの香りはともかく、朝からバーベキューはリアルだと重過ぎると思いますけどね。

ぞろぞろと起き始め、５日目の始まりです。

「さて、諸君！　……どうする？」

「『北はどうだったん？』」

「それでしたら先程報告を受けましたよ。ワイバーンとリザーダインは激減したままだそうです」

「『そうかー……』」

「東が本命だとして、北と西の調査に本腰入れるかい？　当たりは《直感》が動く西だと思うけど、北はついでにね」

「ポップが減ったので調査しやすさはありますね」

「その通り。何もないのが分かるだけでも上々さ」

セシルさんの言う通り北と西で分けるべきですかね。飛行できる人がいるＰＴは北で、他は西でしょうか。つまり主に人外系の妖精に悪魔、天使や霊体などですね。

飛べる人がいるＰＴ、いないＰＴで分かれてもらった感じ十分そうなので、これで行きましょうか。私達はアメさんとトリンさんがいるので北行きです。

「問題は何がキーなのかさっぱりなことだけど……」

「そうなんですよね……」

「まあ、外周から大木目指してみようか。ただの木じゃないのが分かったし？」

「北はとりあえず山を探索してみますよ。生産組の皆さんは拠点をお願いします」

「『おう』」

決まったら早速行動しましょう。北と西へ向かってぞろぞろと進軍。

砂などが流され、より岩肌が露出した北側を進みます。景色がだいぶ変わりましたね。中々新鮮です。方法もダイナミックで新鮮でしたけどね……。

山へ近づき次第ワイバーンのタゲを取り、飛行系の人達には山を見てもらい、ワイバーンやリザードマンが辛《つら》い人には坑道の調査を頼みます。

「こっちブレス来るぞー。近づくなよー！」

「『おう！』」

「今度はこっちだー！　近づくなよー！」

「『おう！』」

「空の人達、１体倒したからポップしますよ。タゲが来たらこちらへ」

「『おっけー！』」

一号をけしかけつつたまに魔法を撃ちながら、各ＰＴの戦闘位置の調整や探索情報を纏《まと》めていきます。

そこそこ時間はかかりますが、逆に言えばそれだけですね。ポップ数が予想以上に少ないので、探索が捗《はかど》ります。確かにこれではレベル上げは効率悪いですね。

昼食休憩なんかをしつつ探しますが、見事に何もなし……と。山も嵐で崩れて多少外見が変わっているのですが、それによって何かが発見されるなんてこともなく。ああ、新しい鉱石は見つかったようですけど、既にノッカーの人が採掘中だとか。

そう言えば、全然《採掘》上げてませんね……。まあ気が向いたらやりましょう。

『姫様、今良いかな？』

「セシルさんですか。構いませんよ」

『《直感》の正体というか、原因というか……判明したよ』

「ついに判明しましたか。何でした？」

『というか向こうから接触してきたよ。イベントＮＰＣみたいだね』

「え？　人ですか？」

『いや、レベル64の喋《しゃべ》る銀狐《ぎんこ》だった。それでね、リーダーを呼べっていうんだよ。ステルーラ様に連なる者って言われたら、多分姫様だよね？』

「あー……そうでしょうね。どちらへ行けば？」

『西の大木によろしく！』

「分かりました」

アルフさん達に知らせてから、一号を馬に変えて移動を開始します。

銀狐……確か善狐とされる狐さんでしたね。天金銀白黒でしたっけ。このゲームではどうなっているか分かりませんが、64レベとのことで我々よりは強いですね。

敵を無視して急いで大木へ向かうと一陣のＰＴが集まっており、銀色の毛をした1メートルは超えている狐が静かに座っていました。

「お、きたきた」

「お待たせしました。お呼びですか？」

「見ていた感じ、一番指揮に向いているのはお主だったのでな」

ワールドクエストと同じように、統率系スキルを見ているのでしょうか？　それなら恐らく私のままでしょうね。統率系統スキルに関しては負ける気がしません。もしくはここにいるユニオンのリーダーだから……という可能性ですね。

まあ、この件の原因など何でも良いですか。話を聞きましょう。

「お主達、生き残りたくば力を貸せ」

「詳しくお願いします」

「東には行ったか？　少なくとも見てはいるだろう？」

「他の者は行っていますね。見た感じ森ですが」

「東は元々草原だったのだ。いつの間にやらあの状態よ」

……銀狐となると、我々と時間感覚が違う可能性が高いか。

「……何年前の話です？」

「年も経《た》っておらんから問題なのだ。半年ぐらいであの有り様よ」

「なるほど、明らかに異常ですね」

「その通りだ。焼き払おうとはしたのだがな。仕留めそこなった挙げ句にもはや手を付けられん。今はまだ防衛できているが、いつまで保《も》つやら……」

「では中央にあった戦闘痕のようなものは……」

「戦闘痕そのものだ。お主らも戦っただろう……奴の尖兵《せんぺい》とな」

「シードコッケにプランテラミートチョッパーですか」

「そうだ。我々だけでは押し切れんのだ」

「奴……原因は何です？」

「木の化け物だ。東の大木、トリフィド」

「『トリフィドだぁ⁉』」

「聞き覚えがありますね……はて、何でしたか？」

一緒に聞いていた人達が何人か反応したので、聞いてみましょうか。

「肉食の植物という意味でトリフィドを持ってきたのかね？」

「あの大木動いてないよな？　これから動くとか？」

「つまり自走する肉食植物ですね？　別段ファンタジーでは珍しくないですね」

「『……確かに』」

ああ、映画にそんなようなのがあった気がしますね……。

まあとりあえず、東の大木であるトリフィド本体の討伐……が、このキャンプのフィナーレですか。となると……休憩入れつつ、今から4日で東の森制圧ですかね。

「奴はかなりしつこい。お主らも既に目を付けられていよう。やるか？」

「ここで断る選択肢はありませんよね？」

「『おう！』」

「ということです。協力いたしましょう」

「感謝するぞ」

《《ワールドクエストが発生しました》》
《《場所：イベントエリア・孤島》》
《《該当エリアへと入った異人は自動的に参加状態へと移行します》》
《《クエスト規模を確認中…………完了。Wクエストに設定》》
《《各異人達は制限時間内に自分の役割《ロール》を選択してください》》

ああ、来ましたか。今回も規模は戦争規模と。

そして初見の役割選択《ロールセレクト》をヘルプで確認しましょうか……。

※クエストで選択する役割について
役割選択とは、どの職業の人を演じるか……を、選ぶことです。

敵の攻撃を引き付ける盾……タンク。

敵をひたすら攻撃する……アタッカー。

味方を回復する……ヒーラー。

偵察は任せろー……斥候。

軍の生命線……後方支援。

などなど、イベントによって選べるロールは変わります。そして、選択したロールによって特有のイベントが発生したりする可能性があります。

生産者の方や直接戦闘は苦手だなーという方は、後方支援を選択しましょう。装備、ポーション、食事の生産から物資の輸送まで仕事は様々です。戦闘だけが戦争ではありません。前と後ろ、両方いなければ軍は壊滅します。

タンクでも大盾か？　小盾か？　それとも回避盾か？　アタッカーでも持ってる得物は？　機動部隊か？　もしかして空や海とか？　ヒーラーでも回復か？　それとも補助支援型か？　と、沢山あります。確定を押さない限り選び直しは可能ですので、安心してご確認を。ただし、制限時間には注意してください。

実は俺こんなスキル構成だけど、◯◯なんだ……って人は各自運営に申請してください。定期メンテナンスの際に選べるよう追加させて頂きます。ただし、悪用するようでしたら凍結いたします。

ふむぅ……なるほど。

私はアタッカーですね。魔法攻撃型で属性は闇。移動タイプは騎乗も可能ですが……森ですから歩きで良いでしょう。

《《Wクエストに必要な役職に適切な異人達を検索中…………》》

《《総隊長…………完了。部隊長…………完了。各プレイヤーに申請を開始》》

《《申請した全員の参加を確認しました》》

《《総隊長になったため、役割選択が総隊長に切り替わりました》》

《《各異人達の役割の選択が完了しました》》

《《各部隊長へ部隊員の振り分けを開始》》

「『うわー⁉　視界がー！』」

なぜ私達一陣まで……あー、防衛戦とはものが違うのですか。ロールPT的なものですかね。やっぱ始まりの町防衛戦は、チュートリアルみたいなものか。にしても全然違うので、今回は役に立ちませんが。

ちゃっかり選んだロールが総隊長に上書きされてますが……まあ、そういうものなのでしょう。

〈〈ワールドクエスト：島の生態系を取り戻せ！〉〉
〈〈場所：イベントエリア・孤島〉〉
〈〈規模：Wクエスト〉〉
〈〈勝利条件：東の森にある大木・トリフィドの撃破〉〉
〈〈敗北条件：イベント期間の経過〉〉
〈〈フェイズ1：偵察フェイズ開始〉〉
〈〈斥候を森へ派遣し情報を得ましょう〉〉

えっと、部隊リストは……。

総隊長　アナスタシア
┣地上部隊長A　セシル
┣地上部隊長B　こたつ
┣地上部隊長C　ルゼバラム
┣地上部隊長D　ムササビ
┗機動部隊長

航空部隊長　フェアエレン
偵察部隊長　ミード
音楽部隊長　ノルベール
後方部隊長　エリーザ
兵站《へいたん》　シュタイナー
武具　エルツ
消耗　サルーテ
採取
運搬

ふむ……なぜエリーが部隊長に……？　纏めるのは確かに得意だと思いますけど。ミードさんも地上部隊ではなく偵察部隊ですか。そしてムササビさんが地上部隊。

機動部隊、採取、運搬は私が知らない人達ですね。

「……ムササビさん、地上部隊なんですね？」

「ＨＡＨＡＨＡ、忍者が斥候やるわけないでござろう？」

「『何言ってんだこいつ……』」

「そう言えばこの人達、忍者は忍者でもスレイヤーな方でしたね……」

「『あー……』」

本来忍者は情報収集がメインと言われていますね。殺《や》るのが専門なムササビさん達はただの暗殺者集団です。あえて言うならやべー奴ら。

さて、本格的に動く前に銀狐さんに確認しておきましょう。

「えっと……東に集中して良いのですね？」

「うむ。北も西も食い止めているので問題はない。東の森を潰してくれ」

「では我々は早速動きますが、そちらは？」

「こちらも動く。一部の動物は攻撃するなよ。反撃されるからな」

「分かりました」

よっこらとか聞こえそうに立ち上がった銀狐さんは、テクテク歩いていく最中に蜃気楼《しんきろう》のように姿を消しました。なるほど？《直感》はあれに反応していたようですね。

「さあ、トラブルシューターの皆さん。任務ですよ」

「『はいっ！　ＵＶ様！』」

「何ですの？　この一部の一体感は」

「ごきげんようエリー。部隊長ですね」

「ええ、なぜか。何をすれば良いのかしら？」

「とりあえず移動です。拠点は中央で良いでしょう」

「『おう！』」

さっさと移動を開始します。

移動しながら他部隊長、分隊長達に中央を拠点にすることを告げ、集まってもらいます。中央以外では後方部隊がやり辛いでしょうからね……。

「さてエリー。説明しましょう」

「ええ、よろしく」

「目標はあの大木をへし折ることです。まあ、そこは地上部隊とか他がやるので良いでしょう」

「前線の仕事ね」

「エリーは後方部隊長なので、非戦闘員……生産者達を纏めるのが役目です」

「できるかしら？」

「やることの把握さえしてしまえばエリーなら余裕です。まずＵＩの後方部隊にぶら下がってる一番上の人達を覚えてください」

「エルツさんやサルーテさん達ね？」

「その人達が各部門のリーダーなので、上手く回せばいいだけです」

「ふんふん」

「恐らく私から前線で足りない物を言うので、それぞれに指示を出していってください。錬金以外は素材が分かりやすいと思うので、大丈夫なはずです。私から特にない時は、後方部隊内で素材を上手く回してくれればいいです」

「ふぅん……。これアビー達を副官にしてサポートしてもらえるのね？」

「可能です。アビーを副官にして、レティさんとドリーさんにそれぞれ付いてもらえば余裕でしょう。運搬の人達を扱《こ》き使ってください」

「ええ、分かったわ」

「『えっ』」

えっ？　いえ、どう考えてもこれ大変なの運搬の人達でしょう。確実に馬車馬の如《ごと》く……あ、運搬のリーダー馬の人ですね……。大丈夫です。馬車馬は商人の相棒なので大切にされてますから、安心してください。プリムラさんに荷馬車でも作ってもらったら良いと思いますよ。問題はこの島の地形で使えるかですけど……。

ああでも、インベがあるので自分で持って、更に1人乗せて走ればいいのですか。荷馬車不要ですね。なんと便利なインベントリ。

「あ、お姉ちゃん！　クエスト変わってるよ！」


『島の生態系を取り戻せ！』

東は元々草原だったらしい。そびえ立つ大木を打ち倒せ！
1．島の住人である銀狐から聞いた東の森を調べてみよう。偵察フェイズ。
※残り時間：3日と10時間35分。

「なるほど、以降このクエストが続きそうですね」

「楽しみだー！」

「姫様、良いですか？」

「ああ、ミードさん。偵察にルールなどあるんですか？」

「全エリア探索率が100％になるか、入った偵察部隊が全員死亡し追い出されると次のフェイズに移行するようです。ここで時間かけ過ぎても本番で詰みそうです」

「それ、死亡回数には？」

「カウントされないようです。死ぬまでにどこまで稼げるかでしょうね。マップルールはダンジョンと同じだそうで、円形でエリアが分かれているんですよ」

「ではエリアごとに探索率があるんですね？」

「そうですね。各エリア100％にしないと次に行けないのかは不明です」

「浅いエリアは程々に、奥の方チェックしたいですね……」

「行けるようなら二陣に浅い方を任せる予定です」

　奥に行くほど……つまりトリフィドに近づくほど危険度が増すでしょうから、高スキル持ちである一陣が奥を担当することになるでしょうね。始まると連絡なんて取れそうにありませんから、偵察部隊長であるミードさんにお任せします。

　島中央の拠点に到着したので、部隊ごとに分かれて固まってもらいます。顔合わせになるでしょう。

　総隊長の私には金の王冠が付いていて、それぞれ部隊長の上には銀の王冠。その王冠の背景にどの部隊か示すシンボルが記され、ひと目で分かります。

例えば地上部隊なら靴と英字。機動部隊は馬と英字。音楽部隊は音符と英字。航空部隊は翼と英字などですね。更に英字に合わせて枠の色が違う。そして各部門のリーダー達には王冠のないシンボルのみ……ですね。

全体的にシンプルなマークが使用されていますが、エリーの後方部隊が一番ゴッチャリしてるでしょうか？

というわけで、各リーダー達だけはすぐに分かります。

「地上部隊アルファーはこっちに集まれー！」

「地上部隊ブラボーはこっちだよー！」

「地上部隊チャーリーはこっちだー！」

「地上部隊デルタはこっちでござるよー！」

「偵察部隊はこちらへ」

「音楽部隊はとりあえずこっちねー」

「機動部隊は少し離れましょう」

「航空は上に集合ー！」

「後方部隊は各部門ごとに集合し、生産準備を。スペースは十分にとるように！」

「農家ぁ！　畑作っぞー！　こっちこーい！」

ワイワイガヤガヤと行動を開始。

各部門ごとに生産キットなどを展開していき、部門のリーダー達がそれぞれ使いやすい配置にしていきます。

「植えるものを決めておくから、すぐ使える状態にしといてくれ！　とりあえずこっち側は麦系だ！　その束は加工スペースにすっから束以外に畑広げてくれ！」

「じゃあ私達料理人は加工スペースの近くに陣取ろうか」

部下が優秀だと上は楽ですねー。各自勝手にやってくれるので、こちらはそれらを把握しておき、各自勝手にやるのでその際の衝突を防ぐのが役目です。

後方部隊もこちらはこちらで戦争ですね。

「そこは運搬が使うので空けておいて！」

「ここは？」

「そこなら構いません」

「おけー」

エリーも問題なさそうですね。私も動くとしますか。

まず必須なのが採取と運搬に付ける護衛ですか。運搬には機動部隊を護衛に付ければ良いでしょう。ついでに遊撃もしてもらいます。

航空部隊は地上部隊に分かれて付いてもらいましょうか。フェアエレンさんに言ってきましょう。

音楽部隊は地上部隊は勿論《もちろん》ですが、後方部隊にも残ってもらいましょう。ノルベールさんに言っておきます。

それと、料理人達に作れるようなら蒸留水も作っておいてもらいましょう。消耗品部門のサルーテさん達が大量に使うはずです。

「姫様ぁ！」

「何です？」

「兵站部門に漁師がいんだよー！」

「漁師……となると、エリー！」

「何かしら？」

「《錬金》と《硝子細工》持ちを集めてください。漁師達と海岸に行く班が必要です。そしてポーション瓶と塩の調達を」

「分かったわ」

荷馬車はインベがあるので不要ですが、人を運ぶのに馬車があった方が効率がいいですね……。となると……プリムラさんと馬の人を呼びますか。正確にはケンタウロスですけど。

「何ー？」

「ブルヒヒン？」

「人を輸送するのに馬車は可能ですか？　それと日本語でおけ」

「馬車を作ること自体は可能かな。木さえあれば。乗り心地は保証しないけどー」

「ＨＡＨＡＨＡＨＡ、目的地は？」

「錬金と漁師の輸送で南の海岸。鉱員の輸送で北ですかね」

「んー……南は可能。北は途中までなら。岩肌が出始めると馬車は無理だね」

「ふむ……馬車を作るのはどのぐらいで可能です？」

「木工職人沢山いるから……10分もあれば？」

「人の輸送はそんなしないでしょう。１台あれば十分です。頼みます」

「おっけー」

「運搬組はここを中心に東西南北頼みます」

「馬使いが荒い姫様だわ！　任せときなぁ！」

これで良しと。というか馬の人、地味にキャラ濃いですね……。


ミードさん率いる偵察部隊を見送りつつ、引き続き全体の把握に努めます。偵察部隊は長くても今日中に帰ってくる予定だそうですね。

現状地上部隊が出番ないので、１部隊に採取組の護衛を頼みましょうか。

「セシルさん。採取部門の護衛を地上部隊に頼みたいのですが、動かせますか？」

「んー……可能……かな。正式には偵察部隊の情報入った後に決めるけど、今のところ東西南北に部隊を配置する予定だから、西を担当するうちが護衛しようか？」

「ええ、お願いしますね。では採取部門のリーダーを呼んでおきますので」

「おっけー」

えー……後は……むむ？　ああ、エリーがバカ正直に付き合ってしまってますね。

「そこ邪魔しない！」

「あぁ？　うるせぇ！　俺達が何しようが勝手だろうが！」

「何ですって……？」

「『後方部隊長の笑顔怖過ぎわろた……』」

「『目が笑ってないってあれのことか……』」

エリーやアビーは怒っても笑顔ですからね。

それにしても……手に持ってる鞭《むち》がとても似合いますね？　エリー。青少年の性癖歪《ゆが》めないように気をつけてくださいね。

ただ、既に時間との勝負に入ってますから仲裁しますか。

「エリー、バカ正直に付き合う必要はありませんよ。オンラインゲームなので一定数はいるのです。実際総隊長といえどこちらにその辺りの命令権はないので、最初からいないものとして扱ってください。人の足を引っ張るのが好きな奇特な人は、案外いるものです。付き合うだけ無駄ですよ」

「そうは言うけど、かなり邪魔よ？」

「地上部隊の人にでも言って、素振りでもしてもらえばどうです？」

「なるほど、素振り……ね。準備運動は必要よね」

「ええ、突然の運動は危険ですからね」

「『こええええ……』」

「『2人して笑顔なのがなおこえー……』」

「『素振りわろた』」

「『素振りなら仕方ない』」

「素振りと聞いて」

リーナがハルバードをぶんぶんしながらやってきました。あ、逃げていきましたか。武闘大会個人戦２位ですからね……。

「他愛なし……」

「リーナは誰部隊？」

「セシルさん部隊ー」

「じゃあ護衛？」

「暇だから行ってくる」

「なるほど、よろしくね」

「後々自分達が楽になるからねー」

そう言ってリーナは歩いていきました……素振りしながら。風切り音してるんですよね……あれ。当然ハルバードは金属の塊です。危険人物ですがまあ、スルーしましょう。

運搬部門の人達が走り回り、エリーに決められた場所へインベから取り出しては置いていきます。

移動が速い後方部隊は運搬部門。移動が速い戦闘系は機動部隊に振り分けでしょうね。つまり馬や狼《おおかみ》の人達が振り分けられるので、人外系が多かったりします。後はテイマーやサモナーなど、騎

乗持ちの人達ですね。どちらの部隊も移動力が売りなので、当然と言えます。

「ターシャ。エルツが呼んでいてよ」

「分かりました。行ってきます」

エルツさんは武具部門のリーダーですが、武具部門も後方部隊なので、エリー経由になるわけですね。早速向かいましょう。

「呼びましたか？」

「おう、地上部隊のリーダー達呼んでくれ。ついに鋼の上ができたぞ」

「なるほど、変えるのですね。早速呼びましょう」

「すまんな！」

セシルさん達を呼ぶと早速やってきました。さすが新素材武器の吸引力は伊達《だて》じゃないですね。

「鋼の上だってー？」

「コバルトハイスだ」

「は？」

「配分吟味するのはイベント後だな……。どうせイベント中のみだし良いだろ」

セシルさんとエルツさんが話していますが、コバルトハイスですか。さっぱり分かりませんね。

鋼とクロム、コバルトにモリブデン、更にバナジウムを使うとか。

高速度鋼とも言うらしいですが、さっぱりです。セシルさんも知らなそうですね。コバルトハイスはゲーム的に鋼の1個上とだけ覚えておけばいいですよね。

私は変える必要がないとはいえ……本格的に強化を考えねばなりませんか。武器自体の攻撃力は、このレベル帯の装備になると完全に負けますね……。

アタッカービルドで武器が弱いとか避けねばなりません。神の加護……恐らく称号ですよね……。教会に入り浸り、ルシアンナさんの手伝いをするのが近道でしょうか？　まあイベント終わったら、まずは旧大神殿エリアのリベンジですが。

《鑑定》が言っている限りでは、加護を受ければ武器だけでなく装備一式が強化されるようですが……問題は何段階なの？　って話ですね。

とりあえずイベント中はどう足掻《あが》いても無理なので、ほっぽっておきましょう。

「ところで姫様」

「何です？」

「短時間睡眠は可能でござるか？」

「残りのイベントはペナルティを受けない程度の睡眠時間で云々《うんぬん》……ですね？」

「そうでござるな」

「自慢ではありませんが、私は無理ですよ？」

「断言されたでござる」

「寝てる時に潜り込んできた妹を蹴り出したことがある程度には、私は睡眠を邪魔されるのが嫌いなようですからね。それで懲りない妹も妹ですが……」

「マジでござるか……」

妹は速攻で私に蹴り出されない条件を導き出し、今でも普通に潜り込んできます。確か、何よりもまず必須なのが潜り込むスピード。そしていかに少ない動作でポジショニングするか……でしたか？　私に睡眠の邪魔と判断される前に、いかに速く潜り込んで寝る体勢を整えられるかが勝負……とか言ってましたね。

何が妹にここまでさせるのか知りませんが、無駄に真剣でしたね。

「速攻で二度寝決めるので、基本的に途中で起きるのは無理ですね。魔物が攻め込んできてるなら起きれるかもしれませんが……」

「まあ寝るなら寝るで連絡網を決めておいた方が良いでござろう？　それの確認でござるよ」

「ああ、確かに。偵察部隊が戻る頃は既に寝てるでしょうからね……」

装備の配布が終わり、エルツさんがまた鍛冶へ戻ってから睡眠時の相談をしておきます。

全員同時に寝るわけにもいかないので、地上部隊をそれぞれ何ウェーブかに分け、前線組と寝る組で分ける必要もあるでしょう。

ルゼバラムさんとムササビさんが起きてると言うので、私とセシルさんとこたつさんは先に寝ます。後方部隊はエリーとアビーが先に寝て、レティさんとドリーさんが起きていると。

それぞれのリーダー組は補佐を決めているでしょうから、その人と少し時間をずらします。

「本番は明日か明後日からかな？」

「燃えてきたでござるなぁ！」

偵察部隊が戻るまで特に大きな動きはないでしょうから、今のうちにエリー達と協力して拠点の充実を優先します。

戦争は数だよと言いたいですが、数よりもまず準備です。物資がなければ数が維持できないので話になりません。

走り回ったりはしませんが、拠点を歩き変化の確認と問題の確認をして回ります。そして問題を共有し、解決できそうな人へ丸投げ。

ええ、総隊長は人を使う側の立場ですからね。お願いしますよ。

後3日ちょっとは長い戦いになりそうですね……。

では私は寝るので、後は任せます。

■公式掲示板1

【無人島には】夏といえばキャンプ　5日目【何を持っていく?】

1. 運営

ここは第二回公式イベントのサバイバルに関するスレッドです。
イベントに関する総合雑談スレとしてご使用ください。
初日はこちら。
2日目はこちら。
3日目はこちら。
4日目はこちら。

4532. 遭難した冒険者

悲しみの北。

4533. 遭難した冒険者

マジでポップが激減してるのな。

4534. 遭難した冒険者
おぉ……ワイバーンよ。食われてしまうとは情けない……。
4535. 遭難した冒険者
鬼畜王。
4536. 遭難した冒険者
勇者の旅立ちに子供のお小遣い程度しか渡さない鬼畜王。
4537. 遭難した冒険者
そしてあのドサクサに紛れて、ワイバーンをテイムした人がいる模様。
4538. 遭難した冒険者
いたなぁ……。ドラゴンライダーですね！
4539. 遭難した冒険者
知ってるか？　ワイバーンは美味《うま》い。
4540. 遭難した冒険者
やめたげてよぉ！
4541. 遭難した冒険者
サモナーは一時召喚不可だったはずだけど、テイマーどうだったたっけ？
4542. 遭難した冒険者
サモナーと一緒だから安心しろ。

4543. 遭難した冒険者
テイマーは死ぬから1から育て直してね……とか、鬼畜すぎて草も生えないだろ？
4544. 遭難した冒険者
それもそうか。
4545. 遭難した冒険者
ワイバーン見向きもしないんだけど、どうやったんだ……。
4546. 遭難した冒険者
雷嵐竜で怪我した1体をこっそり隠し通したらしいぞ。
4547. 遭難した冒険者
まじか。やるな。
4548. 遭難した冒険者
他を襲ってる間にかなり頑張ったそうだ。
4549. 運営
予想外でしたが、ドラマティックだったので良しとします。
4550. 遭難した冒険者
お、おう。
4551. 運営
竜種は総じてプライドが高いので、難易度はかなり高めです。

『あ、こいつ弱いな』って思われた時点でもう無理だと思ってくださいね。

いや、もしかしたら子供だったら逆に飼われる可能性が……？

4552. 遭難した冒険者

ん……？

4553. 遭難した冒険者

は……？

4554. 運営

いやでも、竜種は家族愛とか無いに等しいですし……ＡＩ次第ですね！

乗りやすさは調教と慣れ次第なので、頑張って。

4555. 遭難した冒険者

そういや、スケさんも召喚してたな。

4556. 遭難した冒険者

ワイバーンゾンビなー！

4557. 遭難した冒険者

30で《腐乱体》が外れるらしいぞ。頑張れ死霊持ち。

4558. 遭難した冒険者

んな事よりキャパシティが足りない件について。俺も人間をやめるべきか……。

4559. 遭難した冒険者

やっぱ人間には辛い系？

4560. 遭難した冒険者

くっそ辛いな。不死者は《死霊秘法》で、他は《死霊魔法》になるっぽい。

具体的には使役板でも見てくれ。姫様とスケさんが情報くれたから嘘《うそ》はないはず。

4561. 遭難した冒険者

不死者組って情報を椀飯《おうばん》振る舞いしてくれるよな。

4562. 遭難した冒険者

ありがてーけど、良いんかね？　もう少し隠してもいいと思うんだが……。

4563. 遭難した冒険者

まあ、ちゃんと言ってない事もあるらしいから良いんでないかね？

4564. 遭難した冒険者

装備の性能とかは言ってないもんねー。さすがにそこまで聞く気にもなれんし。

4565. 遭難した冒険者

さすがにな。エクストラ装備で耐久がないから、壊れないし落とさないってぐらいか。

4566. アナスタシア

困ったことに特殊能力はともかく、攻撃力などは既に逆三角です。強化条件が特殊なので、頑張る予定ではありますが。

ところで、西の進捗はどうですか？

4567. 遭難した冒険者
姫様きた。進捗は……歩きづらくていまいち？

4568. 遭難した冒険者
特殊能力は優秀だけど、武器自体の攻撃力とかが低いタイプか。よくあるな……強化できるだけマシだな！

4569. アナスタシア
西はとりあえず広がって大木目指し中。現状成果無し。
なるほど。森にも嵐の影響がありますか。
北は山の形が変わって、今まで採れなかった鉱石が出ているようですよ。

4570. エルッ
まじか？　超気になるんだが？

4571. アナスタシア
ノッカーの人がハッスルしてるようです。そのうちそっちに行くのでは？

4572. エルッ
あいつがノッカーなったとか言ってたな。じゃあこっち来るな。待ってよ。

8301. 遭難した冒険者
イベントきたきた！

8302. 遭難した冒険者
ここで受けないプレイヤーはおらんやろな。
8303. 遭難した冒険者
イベントをスルーとか無いわな。
8304. 遭難した冒険者
ワールドクエストきたー！
8305. 遭難した冒険者
うおおおおお！　お？　防衛戦とだいぶ違うな？
8306. 遭難した冒険者
そうなん？
8307. 遭難した冒険者
二陣はワールドクエスト初か。
8308. 遭難した冒険者
確かに違うな。ロール選択か。
8309. 遭難した冒険者
って結構細かいな？

10012. 遭難した冒険者

どうやら種族や取得スキルで決まるようだ。
10013. 遭難した冒険者
視界再び。
10014. 遭難した冒険者
くっそ設定弄《いじ》らねば。
10015. 遭難した冒険者
隊長組は……まあ順当か。
10016. 遭難した冒険者
機動部隊は……ああ、あの人か。後方部隊誰だ？
10017. 遭難した冒険者
お嬢様だな。
10018. 遭難した冒険者
誰だ？
10019. 遭難した冒険者
姫様とお茶会してたツインドリルの大きい方。
10020. 遭難した冒険者
ああ、理解。エリーって呼ばれてる人か。
10021. 遭難した冒険者

エリーザだからそうだろうな。
10022. 遭難した冒険者
確実に狙ってキャラメイクしてるよな?
10023. 遭難した冒険者
だろうな。ドレス用のシルク探してるらしいし。それとメイド服。
10024. 遭難した冒険者
お嬢様RP勢か。覚えやすくていいな。
10025. 遭難した冒険者
しかもメイン武器が鞭《むち》っていうね。
10026. 遭難した冒険者
あれ、お嬢様じゃなくて女王様では……。
10027. 遭難した冒険者
シーッ。
10028. 遭難した冒険者
……偵察フェイズか。姉貴のところだな。
10029. 遭難した冒険者
隊長達の指示に従った方が良いんだよね?
10030. 遭難した冒険者

そうさな。協力が前提のイベントだし、この隊長達なら変な指示も来ないだろう。
10031. 遭難した冒険者
二陣でも知ってる人達だろ。一陣なら確実に知ってる人達だしな。
10032. 遭難した冒険者
ワールドクエストにおいて隊長達ってのはな？　『面倒な部分をやってくれる人達』という事で、『指示が来た場合極力聞く』という結論が出たんだよ。
掲示板を見ている一陣の奴らの中ではな。
10033. 遭難した冒険者
よくやるよな、あの人達。ある程度とは言え、この人数の動向を把握してるんだぜ。
10034. 遭難した冒険者
それな。俺なら禿《は》げる。
10035. 遭難した冒険者
俺も禿げる。
10036. 遭難した冒険者
でもオンラインゲームですよね？　見てない人もいるでしょうし……。
10037. 遭難した冒険者
そうだな。集団行動する気が無い奴もいるだろうし、隊長達もそこに口出したりはしてないな。
10038. 遭難した冒険者

そういう奴らは良くも悪くも放置だな。
10039. 遭難した冒険者
邪魔さえしなければ放置だよな。
10040. 遭難した冒険者
『隊長達に従わなければいけない』わけではないけど、逆に言えば『隊長達が指示を出さなければいけない』わけでもないんだよ。
10041. 遭難した冒険者
隊長って報酬が良いわけでもなければ、死ぬとクリア評価が下がるっていうプレッシャーもあるしな。実は完全にボランティアだぞあれ。
10042. 遭難した冒険者
え、報酬特に無いんですか？
10043. 遭難した冒険者
少なくとも今のところは、隊長だからって特に無いらしいなぁ。強いて言うなら、普段より統率系スキルが上がりやすいとか？
10044. 遭難した冒険者
それらを分かってる奴は感謝してっから、基本的には指示に従う。参加している以上Sクリアしてーしな。それは隊長だろうとなかろうと同じだ。
10045. 遭難した冒険者

それでも一定数妬む奴はいるけどな。いっそ1回やらせりゃ良いんじゃね？　姫様達も一般兵として前線出たいだろうし？
10046. 遭難した冒険者
だろうな。まあ、運営も何かしら考えてるだろうよ。
10047. 遭難した冒険者
とりあえず、意味わかんねー事言ってない限りは聞いておけばいいべよ。
10048. 遭難した冒険者
ＡＩが決めている以上投票システムもあるけど、別に誰も問題行動起こしてないから、必要もないしな。
10049. 遭難した冒険者
そもそも大半が有名な人気プレイヤー達だからなぁ……。ぶっちゃけ妬みからあの人達おろそうとする小さい奴に、リーダーやって欲しくないわ……。
10050. 遭難した冒険者
それな。そもそもリーダー向いてなさそう。
10051. 遭難した冒険者
ほんそれ。

02　夏といえばキャンプ　6日目

『島の生態系を取り戻せ！』
東は元々草原だったらしい。そびえ立つ大木を打ち倒せ！
1．島の住人である銀狐《ぎんこ》から聞いた東の森を調べてみよう。偵察フェイズ。
2．偵察部隊が情報を持ち帰った。情報を整理し準備を整えよう。準備フェイズ。
※開戦まで：1日と1時間
※残り時間：2日と18時間

なるほど、準備時間ですか。開戦は明日の……7時からですか？　今6時ですから……そうでしょうね。

さてまずは……寝ている間に変わったところの把握と、偵察部隊からの情報の確認をしなければなりませんね。

ベッドから抜け出てUIを確認すると、偵察部隊からの情報が纏《まと》められていました。起きていた隊長組がやってくれたのでしょう。内容を確認します。

敵の名前にレベル、更に弱点とドロップ……そして配置に巡回ルートですか。見事に植物系で打撃と火に弱く、水と土に強いようですね。《木魔法》は絶望的と。

「姫様おっはー」

「おはようございます、クレメンティアさん。植物戦ですが大丈夫ですか？」

「蔓《つる》が打撃系だから何とかなりそう。今急いでスキル上げ中ー」

「《縄》系スキルが適用されるんでしたっけ」

「《蔓の鞭《むち》》ってのが種族スキルにもあるんだけど、こっちは特にアーツとかはなく、蔓自体の強化スキルっぽい？」

自分の体の一部を武器の代わりにするための種族スキルでしょうか。武器の新調は不要だけど、種族スキル上げろ的な？　それで、アーツを使いたければ《縄》系統の攻撃スキルを取れと……。《木魔法》が使えないので、今は急いで蔓関係のスキルを上げているようですね。

クレメンティアさんは手と蔓を振りながら、西の森へと向かいました。

変更点の把握のために挨拶しながら拠点を回っていると、ぞろぞろと起き始めましたね。一度料理に移りましょう。

料理をしていると、同じく睡眠中の変化を確認していたエリーがやってきました。

「ターシャ、ポーション瓶が足りない問題が発生してたから、追加派遣しといたわ。調査した感じ、原因は材料となる硝子《ガラス》ね。《錬金》が圧倒的に早いらしいけど、MPが辛いとか。回復中は海で遊んでるらしいけれど、どうせMPないと何もできないのだから良いでしょう」

《錬金》は素材とMPさえあれば、すぐに効果を発揮してアイテムができます。が、MPさえあれば……ですね。私が南のインバムントで量産できてたのは、あそこがセーフティーエリア内だからです。このイベントエリアにはセーフティーエリアがありません。自動回復が常に種族やスキル依存になるわけですね。

そして《錬金》は生産時に使用するMP消費がトップレベルに多いのです。なぜなら全てがアーツ頼りだから。フライパンで焼くのにMPは使いませんが、《錬金》はそうも言えませんからね。《料理》の【反応促進】は気にしたら負けです。

料理を配り終えたら再び見回りです。《料理人》スキルが上がっていきますが、どちらかといえば《錬金術》を上げたいところです。料理に比べアーツを使うしかないので、スキルレベルが重要なんですよ。

とはいえ、このイベント中は仕方ありませんか。料理人が少な過ぎるのですよね。今回のイベントで多少増えると良いのですが……。

ぶらつくことしばらく、地上部隊のリーダー達がやってきました。

「姫様、今いいかい？」

「作戦会議ですか？」

「まあそんなところ」

特に場所を移す必要もないので、この場で始めます。

「予定通り東西南北に部隊を配置して、時間で戦闘、休憩、待機を決めて後は好きにさせる予定」

「目標は森の中央でござるからな」

「全員固まって一点突破も考えたんだけど、絶対戦いづらいよな……って」

「機動部隊には後方部隊の護衛を任せるつもりだ。森じゃ戦いづらいだろうからな」

「なるほど、分かりました。では東を担当する部隊に消耗品を多めに持たせましょうか。補充が大変ですからね」

「頼むでござるよー」

ムササビさんの部隊が東担当なようですね。これはエリーに伝えておきましょう。森の東側まで回り込む必要があるので、移動に時間も掛かります。出発が他より早くなるので、先に渡しておく必要がありますね。

「それと、既にこちらに向かって敵が来てるから、軽い防衛戦が始まってるよ」

「暇してた地上部隊が嬉々《きき》として戦ってるけどね」

「敵側も既に動いているのですね。消耗品の節約戦闘でお願いしますよ。本番は明日から」

「皆もそのつもりっぽいから、大丈夫でしょう」

皆でバタバタしながら準備を進めていきます。私もたまに戦闘に参加しつつ、生産の進捗状況を確認したりを繰り返します。

「おう姫様！　小娘呼んでくれ！」

「……ああ、リーナですね。呼んでおきます」

エルツさんがハルバードを持っているので、渡すのでしょう。他にも言われた人を地上部隊の4人に伝えて呼んでもらいます。

「姫様ー！　ミードさんとスケさん呼んでー！」

更にプリムラさんからの要望も伝えておきます。

大体生産者にはお得意様がいるので、まずはその人達に配っていくのでしょう。色々いい素材が手に入ったようで検証はそこそこに、急いで新調中ですね。まずは知り合いの装備から……というのは基本でしょう。それが終わったら後は同じレベル帯ぐらいの人にですね。

「姫様、ちょっとこれ素振りしてくれ」

エルツさんからコバルトハイスのレイピアを渡されました。

「なんか……振りづらいですね？　こう、手に馴染《なじ》みません」

「てっと、コバルトハイスは30以上の奴に配るか。助かった！」

振りづらかったのは条件不足によるペナルティというやつですかね。ゲームなので、装備には装備条件があります。それが足りなければ足りないほどペナルティが重くなっていく……らしいですよ。調べスキーさんが言うには、レベルの他にもステータスもあるだろうと。エルツさんはこの辺りの確認をしたかったのでしょう。《鑑定》ではまだ見せてくれないのですよね。

「かーごめかーごめー」

引き続き拠点の見回りをしていると、歌が聞こえてきました。男性が割と良い声で歌っていますね。バフが付いたので、音楽部隊の人ですか。しかし……なぜその歌なのか。いやまあ、曲とバフ効果は別なので何でも良いといえば良いのですが、曲のチョイスが……。生産している人達も、何とも言えない顔で生産してますね。

「後ろの正面だ～あれ？」

「わたしだ」

「お前だったのか。気が付かなかったぞ」

「ホラーかと思ったらコメディだった」

「暇を持て余した」

「『神々の、遊び』」

「『んふっ……あ。てめぇ！　品質下がったじゃねぇか！』」

「『ごめんねごめんねー』」

……この流れがしたくてその曲のチョイスですか。クスッとしたのがちょっと悔しい。


そんなこんなで時間が来たので、東側に向かうムササビさんの部隊を見送り、続いてこたつさんとルゼバラムさんの部隊を見送ります。

6日を丸々準備に費やし、就寝です。

残り2日……頑張りましょう。

■公式掲示板2

【無人島には】夏といえばキャンプ　6日目【何を持っていく?】

1. 運営

ここは第二回公式イベントのサバイバルに関するスレッドです。

イベントに関する総合雑談スレとしてご使用ください。

初日はこちら。

2日目はこちら。

3日目はこちら。

4日目はこちら。

5日目はこちら。

2562. 遭難した冒険者

アパーム！　薬草持ってこいアパーム！

2563. 遭難した冒険者

おい、それお前死ぬで。

2564. 遭難した冒険者

薬草来なかったら休憩するからおけ。

2565. 遭難した冒険者

ほらよ、喜べ追加だ。

2566. 遭難した冒険者

休ませろし。

2567. 遭難した冒険者

自分で持ってこいと言ったろ。

2568. 遭難した冒険者

俺は与えられた分終わったから休むもんね！

2569. 遭難した冒険者

もう終わったのか？　優秀だな。ほら次だ。

2570. 遭難した冒険者

鬼畜で草。

2571. 遭難した冒険者

俺知ってる！　昔あったブラック企業ってやつだ！

2572. 遭難した冒険者

ゲームする時間すら無いらしいぞ。なんのために働いてんだろうな。
2573. 遭難した冒険者
生きるためと遊ぶ金稼ぐために働いてんのに、その時間無かったら無意味だわな。
2574. 遭難した冒険者
まともに給料払えてない時点で、経営失敗してるよな。
2575. 遭難した冒険者
おい、キャンプ中に萎える話はやめたまえ。
2576. 遭難した冒険者
そうだぞ。モヒカンさん見習え？　楽しそうだぞ。
2577. 遭難した冒険者
あいつはいつも楽しそうだろ。
2578. 遭難した冒険者
つうかあれ見習ったらダメじゃね？
2579. 遭難した冒険者
キャラはともかく、他はまともだぞ。キャラはともかく。
2580. 遭難した冒険者
大事なことなので……。

5642. 遭難した冒険者
たかしー！　どこへ行ったのたかしー！
5643. 遭難した冒険者
たかし迷子かよ。
5644. 遭難した冒険者
二陣のたかし君は、単身ワイバーンのいる北へ向かいました。この際のたかし君の生存率を求めよ。なお、たかし君は近接アタッカーとする。
5645. 遭難した冒険者
じゃあの。
5646. 遭難した冒険者
じゃあのたかし。
5647. 遭難した冒険者
正解はワイバーンの前にリザーダインに狩られるだと思うの。
5648. 遭難した冒険者
ほんとにな。
5649. 遭難した冒険者
ぶっちゃけラプターで怪しいだろ。二陣ソロとか。
5650. 遭難した冒険者

あー……。

5651. 遭難した冒険者

南無三！　ところで、進捗どうですか。

5652. 遭難した冒険者

進捗ダメです。

5653. 遭難した冒険者

まあ、正確には終わりが見えないんだが。

5654. 遭難した冒険者

何個使うか分かんねーからなぁ。とりあえず作りまくるしか。

5655. 遭難した冒険者

進捗ダメかどうかすら分からないこの状況な。

5656. 遭難した冒険者

まあスキル上げには美味《おい》しいから良いっちゃ良いけどなー。

5657. 遭難した冒険者

んだなー。

5658. 遭難した冒険者

地上部隊、暇です。

5659. 遭難した冒険者

地上は明日からだろうからな。

5660. 遭難した冒険者
嫌でも明日から頑張ってもらうさ。

5661. 遭難した冒険者
ヒヒン！　馬使いの荒いお嬢様達だわ！

5662. 遭難した冒険者
お、おう。頑張れよ運搬。

03　夏といえばキャンプ　7日目

『島の生態系を取り戻せ！』

東は元々草原だったらしい。そびえ立つ大木を打ち倒せ！
1．島の住人である銀狐《ぎんこ》から聞いた東の森を調べてみよう。偵察フェイズ。
2．偵察部隊が情報を持ち帰った。情報を整理し準備を整えよう。準備フェイズ。
3．準備は整った。開戦の時だ。そびえ立つ大木を目指そう。メインフェイズ。
※開戦まで：1時間
※残り時間：1日と18時間

後1時間ですか。料理して叩《たた》き起こしてスタンバイですね。

では早速行動に移しましょう。

「おまちどお！　産地直送だ！」

「ありがとうございます。早速作りましょう」

産地（視界内）ですからね。

早速パンやお肉を焼いていきます。パン生地は寝る前に用意すると、寝ている間にMP回復するから楽ですよ。【反応促進】でがっつり持っていかれますからね。

そして作っている間に他の人達がPTメンバーなどを起こしていきます。

「朝よーお♡き♡て」

「ひゃあああああああああ！　やめろ気色悪い！」

「無駄に良い声過ぎて草」

「何という低音」

「絶対鳥肌マッハだわ！」

「目、覚めたろ？」

「一瞬でな！　ありがとうよ！」

でき次第料理を配っていき、始まる前に睡眠中の進捗をできる限り確認しておきます。

既に他の部隊は配置についているので、こちらにいるのはセシルさんの地上部隊と機動部隊、そして後方部隊ですね。偵察、音楽、航空はそれぞれ4等分されて地上部隊に統合されています。

トリフィドだろう大木の上空にはワールドクエストの文字が浮かび、カウントが進んでいきます。いつ表示されたんでしょうかね。

食事を終えた者から東へ向かい、森の西側外周に陣取っていきます。

「さあ諸君！　準備はいいかー！　そろそろ始まるぞー！」

「『うおおおお！』」

「多分姫様のセリフが入るだろうけど！」

ああ、今回はまだやっていませんね……あれ。セシルさんの言う通り、ありそうな気がします。

着々と生産者達は作っていますが、カウントダウンも順調に進んで残り1分へ。

その時背後で《直感》が発動し、私を含め持ってる人達が振り返ります。蜃気楼《しんきろう》のようにゆらっと出てきたのが、銀狐を筆頭にした動物達です。

明らかに特別なイベントモンスターですね。Ｍｏｂとして同じ種類は見ていませんし。

「さて、準備は良いな？」

「ええ、できる限りの準備は済ませました」

「期待している。悪いが頼らせてもらうぞ」

「我々が死ぬことはないので、危なくなったら下がって回復を優先してください」

「……心得た」

そしてカウントが0になり、上空には『Ｒｅａｄｙ』の文字が。やっぱりありましたね、セリフ。

「『集いし異人達よ、開戦の時です。傍迷惑《はた》な大木をへし折ってやりましょう。戦の女神、シグルドリーヴァ様のご加護があらんことを！　全軍、攻撃開始！』」

防衛戦の時と同じように、プレイヤー達と銀狐達が赤い光に包まれ、光が体の中へ吸い込まれていきました。

《《アナスタシアの《王家の権威》が発動。このクエスト中、全ステータスが上昇します》》
《《聖獣銀狐と協力関係のため、銀狐に従う動物達が援護してくれます》》
《《ワールドクエスト：島の生態系を取り戻せ！　メインフェイズ、開始》》

「『うおおおおお！』」

戦闘組と一緒に、銀狐と来た他の動物達が森へ突撃していきました。

「聖獣とは気になるワードですね」

「だねぇ……」

セシルさんと私の視線が隣にいる銀狐へと向かいます。

「む？　……ふむ、異人だったか。神に連なる……いや、神に連なる可能性がある者だ。お主はまだ微妙な立ち位置だが……似たようなものだ、不死者よ」

不死者はステルーラ様の管轄領域、幽世を管理する者達……らしいですね。つまり、ステルーラ様……神に連なる者。

私は不死者ですが、まだ冥府へは行っていないので、微妙な立ち位置……ということでしょうか。とりあえず聖獣というワードは覚えておいた方が良さそうですね。

「じゃあ少しずつ詰めていこうか」

「そうですね」

ＰＴごとに少しずつ間を空けて横に広がった状態で、先行した戦闘組の後を追っていきます。

最初の浅いうちは問題ありません。本番は今までポップ数が多過ぎて行けなかったところからです。そこまではゆるりと向かいます。

そして横にいるセシルさんから先行した部隊からの情報が入ります。

「戦闘が始まったけど、明らかに数は少ないようだね」

「他の部隊も戦闘が始まっているようですが、数は少なく感じるとか」

「エリアによってポップ数が決まってて、エリア内に敵が入ったら群がってくる……かな？」

「大人数で複数箇所から同時に入れば、その分敵が散って攻め込める……と？」

「ただイベントの仕様かもしれないけどねー」

どっちもありえますね……。外に行けば行くほど範囲が広くなるので、その分ポップ数は多いはずです。つまりその分群がってくる数が増えるので、数ＰＴでは物量的に不可能だったわけですね。

「それはそうと、マップ見てください」

「……エリアが塗り替えられてるね？　制圧率とな」

「ゲーム的に有り得そうなのは……ポップ可能エリアですかね？」

「となると、マップを塗りつぶすように移動してもらわないとね」

「これは私から伝えておきましょう」

「よろしく」

マップでは大木を中心として円形に、色でエリア分けされています。ですがプレイヤー達が通ったところは、色が消えて通常マップの色になります。

ゲーム的に考えると、この色付きエリアが敵の領域です。色によって敵のポップする種類が違い、色の付いている領域は敵のポップ地点になる。つまり敵の領域をこちらの領域に塗り替えつつ進んでいけば、ポップを抑えられるわけですね。

各隊長達へこの可能性を伝えて、これ前提で動いてもらいます。これが正しいかどうかはすぐ分かるでしょう。

「ミードさん、偵察部隊の人達でマップを潰していってもらえますか？」

『分かりました。通達しましょう』

偵察部隊の人達は身軽な人が多いですからね。正面からの殴り合いは辛《つら》そうなので、マップを潰しつつ、横からちょっかい出してもらいましょう。

戦闘音は先程から聞こえていますが、先行組に追いついてきたため声も聞き取れるようになりましたね。

「滾《たぎ》れ我が魔力！　【臨界制御《オーバースペル》】！　刮目《かつもく》せよ我が魔導！　【六重詠唱《ヘキサスペル》】！　ひれ伏すが良い！【イグニスプロード】！　ふははははは！」

……めっちゃ楽しそうですね。良いことですよ、うん。周囲の人達は背中が痒《かゆ》そうにしていますが、きっと虫刺されでしょう。なんたって森ですから。

【イグニスプロード】ということは複合の灼熱《しゃくねつ》30ですか。しかもヘキサなので6連爆発です。間違いなく一陣ですね。爆風は打撃判定でもあるのか、効果抜群らしいですよ。

んー……微妙にエリア残しあるのが怖いんですけど？　誰か行くだろでお見合いしたのでしょうか。ＭＭＯあるあるですけど。

スピードの早い航空部隊の人に頼むべきでしょうか？　できれば航空戦力は前線に残しておきたいんですよね。射線が被らないので、前線押し上げやすいですし。

「どうかした？」

「最初の方にエリア残しがありましてね。気になるんですよ」

「んー……もしポップ地点だとするなら、さっさと潰した方が良いかな」

「現在進行形でどんどんポップ地点が減っていってるので、後ろから湧く可能性が上がると思うのですが……」

「挟み撃ちは避けたいね……。暇だし埋めに行くかい？」

「確かに暇ですね。埋めに行きましょうか」

戦闘組ではなく待機組を数ＰＴほど連れて、セシルさんと自分のＰＴで埋めに行きます。スケさんとアルフさん、アメさんとトリンさんを呼びましょう。

こちらではなく拠点へ向かう可能性もあるので、機動部隊のリーダーにも伝えておきます。

「２ＰＴは北へお願いします。私達は南へ行きますね」

「了解」

「既に湧いてる可能性あるから気をつけて」

「おっけー」

さすがに偵察部隊もポップ数やポップ速度なんて分かってませんからね。既に湧いてる前提で向かうしかありません。

アルフさんと、セシルさん側のタンクであるラウルさんを先頭に進みます。

「今のところ反応はな……いや、いるね？」

「いるな。しっかり湧いたようだ」

「ポップ地点に1体かなー？」

やっぱりポップ地点になるようですね。既に1匹は湧いているようです。丁度いいので、少し様子を見たいですね……。

「セシルさん、少し様子を見ませんか？」

「エリアから出るのか確認したいんだね？」

「そうですね。プレイヤーを見つけていない状態でもエリア外へ出るのなら……」

「うん、早々に確認しておきたいね。賛成」

敵がどっちへ行っても良いように、スケさんと共にウルフを召喚しておきます。

ではのんびり待ちましょう。動かないなら動かないで良いのです。

「動かないと楽でいいんだけどねー？」

「さすがに動くと思うけどな。じゃないとつまんないだろ？」

「確かにね。エリア外に行けないんじゃかなり楽だよね。ある程度幅取ってエリア潰すだけで、ボスまで直進できちゃうし」

スケさんやアルフさん、セシルさんの会話はご尤《もっと》もですね。

少ししたら1体が新たにポップ。元からいた敵がエリア外に移動していきました。

「なるほど。動いていったのを私達がやりますね」

「じゃあ俺らはエリアに突っ込みますかね」

メイスを持たせた一号にエリア外に出ていった敵を足止めさせます。

敵は……プランテラシードシューターですか。種を飛ばして攻撃してくるとか言ってましたね。特に侵食はないようですけど。さすがに人に侵食するのはグロ過ぎるので、やめたのでしょうか。シードコッケも大概だと思いますけどね……。

アルフさんがタゲを取り、スケさんと魔法を撃ちます。双子はそれぞれ好きな角度から攻撃していますね。

あの種、アローより速いですね。大盾に弾《はじ》かれていますが、後衛を狙われると面倒ですか。蔓《つる》というより根っこで攻撃もしてくるようですね。体力は後衛の敵なので、そう高くはない。

「むっ」

「あいたーっ」

根っこがアルフさんの大盾に弾かれていますが、種がスケさんに直撃しました。

半分切ってAIが変わりましたね？　ヘイト2番目でも狙ってるのでしょうか。

「おっ……と、危ないですね」

「種は姫様に譲ろう！」

「いらないんですけど？」

「あたーっ！　ちくしょうめー！」

ヘイト2番目を狙っていますね。2番目を私が維持して弾きます。スケさんは固定砲台ですから狙われるとあれなんですよね。

「あ、木を盾にすれば良いんじゃん」

スケさんが木からチラッチラッとしながら攻撃していくと、木にパシンっと種が当たって弾かれています。絵面はともかく、効率としては良いんじゃないですかね。

見てください。あれが作品によってはノーライフキングとも言われることがある、リッチです。

ワールドクエストなので、倒したら光の粒子になって消えます。

「ちょっと厄介だけど、後衛の敵だし1体なら全然問題ないか」

「木を盾にできるから楽かなー」

セシルさん達は……エリアを潰しましたね。では合流して戻りましょうか。さすがに探して歩くのは面倒ですからね……。

「後ろっ⁉　2体っ！」

「さすがにもっと湧いてたか！」

【危険感知】のおかげで1発は弾けましたが、左の二の腕に1発貰《もら》ってしまいました。よく当たり

チラッ
チラッ

ますね……左の二の腕君は……。

スケさんが【クイックチェンジ】でアーマーに切り替えたので、1体抱えててもらいましょう。先にアルフさんがタゲ取った方を狙います。

ポップ数やポップ速度は、エリア範囲と討伐速度で変動もあり得そうですね。

「こちら増援2体と戦闘中です。そちらはどうですか？」

『こっちも戦闘中。倒し次第そっち行くよ』

「分かりました」

セシルさんの方も増援ありですか。思ったより湧いていたようですね。さっさと潰しに来て正解でしたか。

各隊長達に伝えておきましょう。色付きエリアがポップ範囲でほぼ確定だと。なので、潰し漏れがないようにお願いします……と。

1体倒したところでアーマーの抱えてる敵を叩きます。

ところでさっきから種が当たったところに違和感があるんですよ。嫌な予感しますよね。

もう少しというところでセシルさん達がやってきました。

「もう終わりそうだね」

「丁度いいところに。殴っちゃってください」

「おっけー」

2PTになったところで瞬殺しました。

〈種族レベルが上がりました〉

レベル上がりましたか。これで29ですね。まあそれよりもですね……。

早速二の腕の裏側を……アイコン付いたじゃないですかーやだー。HPが減る……ドレインか。

レイピアをしまい、解体ナイフで種の部分をさっさとくり抜きます。リアルみたいに麻酔がいるわけでも、もろに痛覚というわけでもないですからね。時間経《た》つと腕切り捨てないといけなくなりそうですし？　それはペナルティ考えるとちょっと。

「えっ何してんの姫様」

「いえ、しっかり侵食してくれやがったので、手術中です」

「マジか。あれ、僕もやばい系？」

「アイコン付いたので、それがないなら骨は平気なのでは？」

「ゾンビ特有？　植物もヤバそうかなー？」

「そうですね。クレメンティアさんに伝えておきましょうか。というと、ミードさんですね」

腐肉は植物大好物でしょうか？　まあ確かに、ゾンビは人ではないでしょうから、侵食しても良いと。運営さんゾンビに厳しくありません？　何か恨みでも？

くり抜いてポイポイしたら侵食アイコンが消えたので、解体ナイフをしまいます。二の腕の裏側が赤くなってしまいましたが、どうせ放っとけば勝手に再生されるでしょう。それが取り柄のようなものです。

「さて、帰りましょうか」

「そうだね。倒して回るのはさすがに無理だからなー……」

ということで、西側の部隊と合流しに戻りましょう。


一号をアウルにして魔法を持たせ、航空部隊に混じってちょっかいを出させます。マップや隊長達からやってくるVCを確認しながらなので、一号に戦闘させてスキル強化だけでもしておきます。

進んでいけば行くほどエリアは狭まっていき、敵は強くなり密度が増します。しかし一度に戦える数も減るので、休憩できる人数が増えるため楽……と言えば楽でしょうか？

「補充の時間だおらー！　持ってけドロボー！」

「じゃあ遠慮なくー」

「てめぇ！」

「理不尽！」

たまに後方部隊から補充がやってくるので、しっかり補給。私達の戦いはこれからですよ。

部隊メンバーをローテーションさせながら進んでいき、睡眠組も出るので待機組からそちらの護衛も付けます。

「だいぶ抵抗が激しくなってきたなぁ」

「ポップ地点を潰せるので、思ったよりは楽ですね？」

「これ一点突破してたら地獄だったね」

「ですね。前はトリフィド、後ろは雑魚達で後方部隊と分断がありえましたね」

後方部隊にも少し敵が漏れて、機動部隊が活躍していたようですし、一点突破してたら大惨事だった気がします。

さすがに航空部隊が上空飛んでエリア潰しはさせてくれないようで、えげつない対空射撃が来るようですね。フェアエレンさんがドヤ顔で死にかけたって言ってましたから、相当ですね。

当たり前ですが、大人しく地上を進んで制圧していけと。誰でも考えますよね……空から行けば早くね？　というのは。当然のように許されなかった。死人が出なくて何よりです。

進行状況を見るに、これなら問題なく明日トリフィドに到着しますね。

大量に【ライト】が浮かぶ夜の森での戦闘です。交代制なので常に戦闘状態は維持ですね。じわじわと進み続けます。

「子供達は代わってもらえよー！　そろそろ寝る時間だぞー！」

「私もお休みの時間です。お任せしますよ」

ベッドを取り出すと、どこからともなく妹がやってきて潜り込みました。何も言うまい。

私も寝ましょう。あっという間に最終日ですね。頑張っていきましょう。

■公式掲示板3

【無人島には】夏といえばキャンプ　7日目【何を持っていく？】

1.運営

ここは第二回公式イベントのサバイバルに関するスレッドです。
イベントに関する総合雑談スレとしてご使用ください。
初日はこちら。
2日目はこちら。
3日目はこちら。
4日目はこちら。
5日目はこちら。
6日目はこちら。

7531.遭難した冒険者

ヒャッハー！　収穫じゃー！

7532. 遭難した冒険者
収穫（動く植物）
7533. 遭難した冒険者
収穫の秋（激闘）
7534. アナスタシア
なんてこった！　果実の方からやってくるぜ！
7535. 遭難した冒険者
なんだって⁉　それは本当かい？
7536. 遭難した冒険者
ぐわー！　ベタベタするうううううううううう！
7537. 遭難した冒険者
ほー○ーしっ○！
7538. 遭難した冒険者
ふ○っきんくれいじー！
7539. 遭難した冒険者
ガチクレイジーで草。
7540. 遭難した冒険者
敵の名前もクレイジーだし、自爆特攻かよ！

7541．遭難した冒険者
ぎゃー！　マジでベタベタするうううううううう！
7542．遭難した冒険者
頻繁な【洗浄《クリーン》】でＭＰ消費させる姑息《こそく》な作戦。
7543．遭難した冒険者
しかも普通にダメージいてぇぞ。何だあの嫌がらせ。
7544．遭難した冒険者
自爆特攻が弱いわけねーよなぁ！
7545．アナスタシア
体力は低いようですね。敵陣で倒せば周囲にダメージ入るようです。
7546．遭難した冒険者
遠距離組ボコれー！

10862．遭難した冒険者
何だこの触手ううううう！
10863．遭難した冒険者
男に絡むな女にいけぇ！
10864．遭難した冒険者

ぶーぶー！
10865. 遭難した冒険者
やめて！　乱暴する気でしょ！　エロ同人みたいに！
10866. 遭難した冒険者
やめて！　乱暴する気でしょ！　エロ同人みたいに！　（野太い声）
10867. 遭難した冒険者
くっ！　殺せ！　（デスボイス）
10868. 遭難した冒険者
目と耳に強烈なフレンドリーファイアが。
10869. 遭難した冒険者
最高に絵面が悪い。
10870. 遭難した冒険者
絵面の暴力ってあるよな。
10871. 遭難した冒険者
いっそ姫様に絡まんねーかな。
10872. 遭難した冒険者
ダメだ！　感知されて潰されてる！
10873. 遭難した冒険者

くそっ反応が早すぎる！

10874. 遭難した冒険者
てめぇらどっちの味方だ？

10875. 遭難した冒険者
バインドされるだけだからセーフセーフ！

10876. 運営
さあ、しまっちゃおうねぇ……。

10877. 遭難した冒険者
やめて！

10878. 遭難した冒険者
みんなのトラウマ。

10879. 遭難した冒険者
あれ地味に怖いよな。

10880. 遭難した冒険者
押せ押せー！

10881. 遭難した冒険者
二陣無理すんなよー！

10882. 遭難した冒険者

なんだか行けそうな気がするー！
10883. 遭難した冒険者
逝ける。
10884. 遭難した冒険者
はい、逝きかけました。
10885. 遭難した冒険者
知ってた。調子乗ってると普通にヤバい。

15731. 遭難した冒険者
敵の対空砲が優秀過ぎて辛い。
15732. 遭難した冒険者
分かる。弾幕濃すぎて草根絶やしになる。
15733. 遭難した冒険者
ボマーの精度やべぇよな。
15734. 遭難した冒険者
さすがに空を直通は許されなかった。
15735. 遭難した冒険者
すぐ終わっちゃうからしょうがない……。

15736. 遭難した冒険者
さて、片付けの時間だな。

15737. 遭難した冒険者
さて、お休みの時間だな。

『島の生態系を取り戻せ！』

東は元々草原だったらしい。そびえ立つ大木を打ち倒せ！
1. 島の住人である銀狐《ぎんこ》から聞いた東の森を調べてみよう。偵察フェイズ。
2. 偵察部隊が情報を持ち帰った。情報を整理し準備を整えよう。準備フェイズ。
3. 準備は整った。開戦の時だ。そびえ立つ大木を目指そう。メインフェイズ。

クエストは変化なし。つまりまだ中央までは行けてませんね。ということは寝坊判定されない！

マップは……んー……お昼頃に行けるかってところでしょうか。ボスエリアの1個前までは来ていますね。

さて、起きましょう。食事は後方部隊がいるので作る必要はありませんし、前線直行ですね。

リーナは……起こしますか。今なら妹を起こす即効呪文が使えますからね。

「んう……もう少し……」

「経験値が減っていくよ……」

「はっ！　起　き　ね　ば！」

「はいおはよう」

「おはよう！　じゃあ行ってくる！」

さて、ベッドを回収して私も向かいます。

「おはようございます」

「『おはよう！　順調だ！』」

「それは何よりですね」

軽く挨拶を済ませ、起きている部隊長から報告を聞きます。

戦闘側は特に問題なし。後方部隊は……問題しかないというか、常にフル回転ですから問題ありませんね。

たまに後ろから魔法を撃ちつつ、マップを横目に問題が起きていないかを確認します。

そうしてしばらくすると、後方部隊から人がやってきました。

「朝ご飯の出前だおらー！」

「ヒャッハー！　食料だー！」

「むせび泣きながらありがたく食すが良いぞ！」

「あっ……あっつ！　おま、あっつ！　火傷《やけど》して泣くわ！」

「料理人に冷ました方が早く食べれるんじゃね？　って言ったら、超低い声で『あ？』って言われた。諦めて飲め」

「『あ、はい』」

料理人の熱い想いですね。できたてを食べて欲しいというホットな……。

「うめぇけど熱い！」

「料理ぐらい大人しく食えってことだろ。まあ休憩にはなるわな」

まあ食事を通達して、起きている人達に交代で食事してもらいます。

寝ていた子供達も起きてきたので大丈夫でしょう。

「「おはよう姫様！」」

「はい、おはようございます。今日も死なないように前線に参加で」

「「分かったー！」」

アメさんとトリンさんを見送りつつ前線に目を向けますが……だいぶ敵のレベルが上がってますね……。40前半ですか。敵の行動パターン自体は単純で、円が狭まって待機組も増えたから問題はないと。

いや、なんか20台の敵も混じっていますね？　二陣用ですか。40台は一陣が、20台は二陣のＰＴが対処しているようですね。入れ替わりが結構激しく、かなり忙しいと。

敵はプランテラなんたらと名前が統一。ミートチョッパー、シードシューター、ベリーボマー、クレイジーボム、テクニシャンが確認されています。

ボス前最終エリアなので、敵が5種類もいるようです。敵のレベルはポップのたびにランダムなようで、しっかりレベルを見て戦う必要があるとか。

「クソ果実40だってよ！」

「遠距離がうぜぇ！」

「果実ー！」

「任せろ！【リフレクトシールド】！」

山なりに飛んできた果実が【リフレクトシールド】によって、巻き戻すように敵に飛んでいき爆発します。

プランテラベリーボマーが爆発する果実を放り込んでくるようです。その果実をサブタンクが交代で反射しているようですね。

「クレイジーでたぞー！」

「こっち来んなあああああ！」

「させん！　させんぞぉ！【エリアガード】！」

プランテラベリーボマーの攻撃時にランダムで、プランテラクレイジーボムが横にポップするようです。ベリーボマーが投げている果実が自走するようですね。このクレイジーボムですが、生まれてから3秒後にプレイヤーが多いところに自爆特攻してくるようで。それを自分の周囲も防ぐ【エリアガード】でメインタンクが守ると。

プランテラテクニシャンは蔓《つる》のような敵で、密かに上や下からやってきてバインドしてくるようです。

「やめて！　乱暴する気でしょう！　エロ同人みたいに！」

「うるせぇ！　おら動け！」

「あっ⁉　くっ殺せ！」

「ってまたか！」

「つうか何で全員そっち系なんだ……」

「そりゃおめえ……言わせんな！」

「やかましいわ！」

楽しそうですね？　絶賛戦闘中なのでバタバタしてますけど。


ミートチョッパーと殴り合いつつ、敵後方から飛んでくる種や果実を防ぎ、足元や上から来る蔓の対処ですか。忙しい……と言いたいですが、全部を1人でやるわけではないので、そうでもないのですよね。

「くそー、放火してぇ！」

「できるんならとっくにしてらぁな」

「そうだな。その方法が可能なら火とか灼熱《しゃくねつ》で既に燃えてるだろうな」

「ですよねぇ！」

放火した場合の問題は、草原に飛び火して西の方まで燃えたら、目も当てられないこと。

じわじわと……けれど順調にトリフィドまで詰めていますね。予想より早く着くでしょうか？

「ん……何だ？」

「どうした？」

「いや……なんか……まあいいか。姫様！　なんか違和感あるからよろしく！」

……戦闘に集中したいんでしょうけど、何という丸投げ。まあ良いですけど……。

違和感……違和感ねぇ……戦闘組が感じられる違和感ですか。そうなると敵関係でしょうね。逆に私は基本的に見ているだけなので、その辺りはいまいちですね。

「おい待て待て待て！　超忙しいんだが⁉」

あの人は……ヒラですか。全体的にプレイヤーのＨＰが減り気味。被弾率が上がった？　待機組と入れ替えるべきか。とは言え、入れ替えるタイミングなどはセシルさんに任せています。つまり私が気にするのはそこではなく、なぜ突然被弾率が上がったか。ランダムポップで運悪く高レベルの敵を引きまくった……？

前衛ではなく中衛の人達が全体的に減ってる。そのせいでヒラの負担がマッハですか。となると、シードシューターやベリーボマーのせいですね。テクニシャンは攻撃自体はしてきませんし。長時間放置したらＨＰが減りだすのかもしれませんが……。

「まずいね。このままだといずれ崩れそうだ」

「タンク組は変わらず行動していますよね？」

「勿論《もちろん》。でも突然防ぎきれなくなってる」

「パターンが変わったとしか思えませんね……」

イベントモンスターはイベントモンスターですが、量産型のＭｏｂに学習するＡＩなんて普通積みませんよね？　しかも人の形してたり何かしらの設定があるならまだしも、植物の敵にそんな高度なＡＩなんて……。

「あー……」

「なんか分かった？」

「もしかしたら……確認しましょうか」

セシルさんはここにいるので、それ以外の方角にいるリーダーに聞いてみます。『全体の被弾率が上がってないか』や『敵のＡＩが微妙に変わってないか』と。

『こっち変わってるぞ』

『こっちもどうしようかと思ってたでござるよ』

『んー？　こっちは変わってないよ？』

南のルゼバラムさん変化あり。東のムササビさんも変化あり。北のこたつさんが変化なし。そして西のこちらが変化あり。となると、可能性は南ですね。分かりやすくて助かります。私の統率スキルのように、全域に効果が出ていたら厄介でした。どこかに1体なのか、各方面に1体ずつなのか分かりませんから、全体を探すことになるところでしたよ。

「ルゼバラムさん支配級を探してください。統率持ちの個体が南に湧いている可能性があります」

『了解した。それっぽいのを探す』

東西南で影響あって、北にないのなら南。西南北に影響あって、東にないのなら西に湧いてる可能性が高いでしょう。

統率系スキルを持った支配級・支配クラスと呼ばれる敵のことは、ルシアンナさんから聞きました。奴らがいると動きが変わると。

特殊ＡＩでなく、エリア進行による特殊変化でもないのならいるはずです。逆にいないのならエリア進行の可能性が高いですが、それだとこたつさん側が変わっていない理由が謎です。

『あいつかぁ！　プランテラコマンダーを潰せ！』

倒されてから様子を見ると、被弾率も今まで通りに戻りました。

今後どこかで変わり次第、確認ですね。それで方角からいる場所を特定し、早々に狩りましょう。

『んー……また変わったでござるか？』

『いや？』

『いやー？』

「こちらは特に感じませんね」

『あっれー？　気のせいでござるかー？』

『やっぱ変化は感じねぇぞ？』

『ふむぅ……む？　いるではござらんか！　ミニコマンダー！』

「影響ある方角１箇所のミニコマですか」

ランダムレアポップでコマンダーが湧くと。名前通り統率系持ちな敵のようです。これ本体は強くありませんが、そこそこタフだとか。３つの方角に影響。ミニコマンダーはコマンダーに比べ体格が細く、体力は低め。一つの方角に影響……というのが判明しました。

この２体は放っておくとポーションの消費が嵩《かさ》むという、結構なダメージが来るので早々に叩《たた》いてしまいます。


地上部隊と航空部隊が協力してじわじわ進軍。

航空部隊が前に出ると敵の射撃系が一斉に上を向くんですよね。それを利用して、ミートチョッパーを倒したら少し前に出て後衛を釣り、その間に前衛が詰める。集中砲火される前に航空組は下がる。待機組も駆使して包囲網に穴を空けないように移動していきます。

この際ベリーボマーが厄介なんですよね。あれ地上においては人の多いところに投げて、衝撃により爆発します。これが空中だと挙動が変わりまして、【エアロフラック】と同じ挙動になるんですよ。

詳しい設定は知りませんが、一定範囲内にプレイヤーがいると爆発します。つまり避《よ》けるのが困難なわけです。飛んできたものが近くで爆発するので、ランス系を避けるのとはわけが違います。

そしてシードシューターがですね……お前さっきまでとテンション違い過ぎない？　ってぐらいに空に種を飛ばしまくるんですよね。マシンガンタイプです。弾幕濃過ぎて笑えますよ。射線上に前衛のミートチョッパーがいて、射線が通らず攻撃できないシードシューター達も、対空だと張り切りますからね……より酷い。

　つまり、一部の航空部隊は視線を取っては下がり、視線を取っては下がりと大変そうです。敵の上空まで行くとボコボコにされるので、航空部隊はプレイヤー達の頭上から攻撃しています。

「ふぅむ……姫様、提案があるんだけど？」

「何です？」

　セシルさんの提案は、お昼交代して全員食事を済ませたら、一気に押し込むのはどうだろうと。ご飯食べてからボス行こうぜってことですね。特に拒否する理由もないので、それで行きましょうか。隊長達に伝えておきます。

　そのため、少し早いうちから補給班がやってきました。

「昼食の出前だおらー！」

「寿司が食いてぇなぁ？」

「あぁん？　おらよ」

「あんのかよ。あざっす」

「魚釣ってる奴らがいるからな。おらー並べぇ！」

　ステーキに串肉。スープや焼き魚などなど、割と豊富ですが味付けは大体が塩かバーベキューソース、そして焼き肉のタレ。

「パスタまであるんだ。私これにしよ」

「ムニエルだ。こっちにしよー」

「焼きそばじゃん。久々に食お」

食事を摂る必要はありませんし、私も戦闘に参加しましょうかね。一号に任せきりなので《死霊秘法》ばかり育ってしまいます。アーツ覚えそうなのが何個かあるので、ボス行く前に覚えておきたいですね。

〈《宛転《えんてん》流王女宮護身術》がレベル25になりました〉
〈《宛転流王女宮護身術》のアーツ【ロイヤルリフレクト】を取得しました〉
〈《暗黒魔法》がレベル25になりました〉
〈《暗黒魔法》の【ノクスマイン】を取得しました〉
〈《高等魔法技能》がレベル30になりました。スキルポイントを『2』入手〉
〈《高等魔法技能》の【五重詠唱《ペンタスペル》】が強化されました〉
〈《死霊秘法》がレベル35になりました〉
〈《死霊秘法》の【ビジョンシップ】を取得しました〉

どれどれ……下がって確認しましょう。

【ロイヤルリフレクト】
魔法含め遠距離攻撃を打ち返す。
【ビジョンシップ】

召喚体の見ているものを見ることができる。少しコツが必要。

お、ついに私にも反射系が。しかも魔法含めとは、実に便利ですね。タンクは魔法反射できないはずです。とは言え私は護身術なので、自分専用ですけどね。他者を守るには微妙です。

【ビジョンシップ】は……なるほど。テレビを見ているような感じですか。慣れないとスルーしそうですね。飛行偵察任せて、上空からの映像が私も見えるようになったわけですね。重宝しそうです。

【ノクスマイン】はリザーダインなどが使っていた闇の地雷タイプ。丸見えかつ当てるの困難だけど、超高威力な魔法。

【六重詠唱《ヘキサスペル》】は同じ種類の魔法を6つまで同時発動できるようになっただけです。瞬間火力を求めるなら良いですね。

【ロイヤルリフレクト】のカスタムをクールタイム短縮に極振りしておきましょう。今後主力になりそうですから、早速試すとしましょうか。まだ食事タイムは続きそうですからね。

シードシューターやベリーボマーが飛ばしてくる物を、【ロイヤルリフレクト】を使用して対処してみます。検証検証。

「いって……姫様?」

「……ええ、すみません。物凄い良い音しましたね……わざとではないので、そうジト目で見ないでください」

「普通に当たるより被ダメ増えたで……」

「お、それは重要な情報ですね。朗報です」

「『いやいやいや』」

野球やテニスのように打ち返したら、思いっきり他のプレイヤーに直撃してしまいました。ごめんあそばせ？

「あー……これ難しいですねー」

「ですねーじゃない！　姫様⁉」

「あぶねぇんだけど⁉」

《小盾》や《大盾》で覚える、タンクの持っている【リフレクトシールド】と違い、完全に反射角度が手動ですね。つまり最高に難しい。何でしょう、バッティングセンター？

「……なるほど。わざわざ振らずに当ててるだけで反射するのですか。そう言えば【リフレクトシールド】もそうでしたね。ふむ……打ち返した方が威力は上がる？」

「姫様？　もう最前線来よう？」

「後衛に流れることがなくなったのは良いんだけど、俺らのケツが怖いんだけど？」

「HAHAHA、ケツの穴を増やしてやるぜ！」

「『やめてぇ！』」

「まあ、前行きましょうか」

「『おう』」

　ということで、タンクに混じって反射練習してましょう。

【ロイヤルリフレクト】便利ですね。是非とも極めたいところ。近接は今まで通りで良いですが、遠距離に関してはこれで反射した方が早い。問題は反射角度ですかね。敵に打ち返すのがとても難しい。まあ、逸らすだけでも効果としては十分ですが、反射を当てられれば一石二鳥。できる限り狙っていきたいところです。

「ちょっと総隊長？　姫様？　何で最前線にいるのかな？」

「『俺らの姫様は凶暴だぁ！』」

「……褒められてます？」

「『ホメテルヨ』」

　なんか引っ掛かりますが良いでしょう。お食事タイムが終わったようなので、後ろに戻ります。

「では総攻撃で最終エリアへと突撃しましょうか」

　使い勝手も分かったことですし。

「『了解！』」

　夢の中に旅立っている人達も起こして、多少無理してでもチェンジしながらゴリ押します。戦いたくてうずうずしている人達は沢山いますからね。

　そして……。

『一番乗りでござるな⁉』

ムササビさんの東側部隊が最終エリアへ突入したようです。

それにより中央の大木、トリフィドがガサガサと葉を揺らし動き始めました。

［オオォォオオォォォ！］

随分怨念籠もった……というか、忌々《いまいま》しそうですね。

「ヒャハハハハ！　立派な海綿体じゃねぇかぁ！　お礼に骨折させてやんよぉ！」

「『海綿体って言うなぁ！』」

「ああ……あそこにモヒカンさんいますね」

「海綿体……」

まあ、クエスト確認しましょう。


『島の生態系を取り戻せ！』

東は元々草原だったらしい。そびえ立つ大木を打ち倒せ！
1．島の住人である銀狐から聞いた東の森を調べてみよう。偵察フェイズ。
2．偵察部隊が情報を持ち帰った。情報を整理し準備を整えよう。準備フェイズ。
3．準備は整った。開戦の時だ。そびえ立つ大木を目指そう。メインフェイズ。
4．トリフィドは目前だ。力を合わせて打ち倒せ。クライマックスフェイズ。

「クライマックス入りましたね」

「お、ポップ速度が落ちた？」

「の……ようですね。他エリアは制圧。ここがラストです」

「さあ、攻撃パターンが分からないからね。注意していこう」

銀狐達がやってきました。

「今度こそ屠《ほふ》ってくれようぞ。お主ら、立ち止まるなよ」

そしてトリフィドに４本のＨＰゲージが出現し、戦闘開始です。


トリフィドの周りは木もなくスペースは十分ですね。取り囲める状態です。

しかし問題は、枝が大量にうねうねしていることでしょうか。その枝が前衛を寄せ付けず、タンクの盾にぶつかり続けます。

「フェアエレンさん、空はどうです？」

『シューティングゲームしてる気分かな？　上は上で戦闘中ー』

空からの援護は望めなそうですね。

ん……？　上から果実が降ってきて爆発するんですね。って沢山降ってますけど。

『姫様ー。一定時間同じ場所にいると上から果実降ってくるっぽいよー』

「なるほど？　通達しておきます」

『よろしく！』

ログを見ると銀狐が立ち止まるなと言ってますね。しれっと重要な情報を出す。

まあ、私は中間ぐらいで立ち止まるとしましょうか。どうせなら利用させてもらいますよ。上から降ってきた果実を【ロイヤルリフレクト】でフルスイングします。ライナーで飛んでいった果実はトリフィドの一部に当たり、弾けます。

魔法撃ってはホームラン。魔法撃ってはホームラン。的がでかいって良いですね。

「私のＤＰＳを上げるために果実までくれるなんて、なんと優しいのでしょう」

「音楽隊殺しに来てるなー……やめてくれなーい？」

確かに、ノルベールさん率いる音楽部隊が辛そうですね。私には応援しかできませんが、頑張ってください。

「厄介だけど、別段強いとは思わないかな？」

「今のところはそうですね。どこに攻撃してもダメージ入ってますし」

「というか割とすごいスピードで減ってるけど、航空組？」

「上は上で戦ってるようですよ。葉っぱで見えませんが……」

「ォォォォオオオ！」

「おや？」

「怒った？　いや、これは！」

「ストンプですか！」

《危険感知》で地面全体が赤くなり、動物達も攻撃をやめてますね。回避準備でしょうか。

トリフィドは枝を一斉に横薙《な》ぎから持ち上げ、溜《た》めてから地面へと叩きつけます。叩きつけられた全ての枝から波紋が広がり、それに合わせプレイヤーがジャンプ。勿論私も。

『死亡者はいないっぽい？』

『ゴレと違って即死級ではないようでござるな？』

『範囲が比じゃないけどな……』

ゴーレムを知らなかった二陣組が一部当たったようですが、死んではいないと。

それよりもですね。動物達がジャンプで回避して、そのまま枝に突っ込み攻撃しているんですよ。

「枝の動きが止まっているので、枝を狙いましょう。恐らく部位破壊でしょうから」

「『おっしゃー！』」

それから定期的に使ってくるストンプをジャンプして避け、その際に動きの止まった枝を攻撃します。ストンプの回避をミスるとノックバックにより、枝を殴る時間が減る。

毎回あの雄たけびの後、同じ行動をしますね。声が前動作なのでしょう。見た目は大木なので、それしかないですか。

「オオオオオオオオ！」

「今度こそ怒ったっぽいなー？」

「ゲージが半分行きましたね」

頭と言って良いのか分かりませんが、上の方をデタラメに振り始めました。

結果何が起こるかというと……果実がめっちゃ降ってくるわけで。

「『上から来るぞぉ！』」

「回避集中ですねこれは」

「おぉっと……」

私の方に降ってきた果実はトリフィドに飛ばしますが、たまに空中で果実同士が当たって爆発しますね。

何はともあれ、いい練習になります。下手に動き回るよりは良さそうですから。

「さっきからっ……焦げ臭いのは……何だっ？」

「さあなっ……とぉ⁉」

「フェアエレンさん、上、放火しました？」

『うん、したー。汚物は消毒だぁ！』

「なるほど、上が燃えているんですね」

そのせいでＨＰがゴリゴリ減っているのでしょう。まあ、上空は任せます。

枝を攻撃してもＨＰは共通のようですね。でもカウントはしているようで、ちゃんと枝を壊せるようです。

既に多少へし折り、最初よりは減っています。

「『1本目逝くぞー！』」

「思ったより早いですね？」

「まあ今日で4本削れるはずだし？　ただ、そのうち上は判定なくなるだろうね」

「やっぱりそう思いますか？　禿《は》げ上がってきましたね……」

航空組により葉が落とされ、既に悲しい感じに。

「『1本目逝ったぞー！』」

［グオオオォォォォォ！」

「お、初めて聞く声だ」

沢山あった枝が左右に集まり絡まり合い、巨大な2本へと変わって振り上げられた状態で止まります。赤く光っていくので、チャージ状態でしょうか？

そして、《危険感知》により危険な範囲が地面に表示。2本ある方角が赤に潰れます。

銀狐を含めた動物達が、一斉に安全地帯に走っていきました。つまりはそういうことなのでしょう。範囲外に行きますか。避難誘導をしておきます。聞かない人は知りません。

木なのでどっちが正面か謎ですが、人でいうと両腕を振り上げている状態で、正面と後ろが赤くなっていないようです。逆に言えば手のある方向は扇状にアウトですね。

一度強く光った2本が振り下ろされると、波紋が広がるように地面が隆起し、突き上げ攻撃が発生しました。

「うっわ……アースクエイク的な？」

「ある程度上空にも判定ありますよね、あの柱。それより、あれ即死では？」

「落下判定だろうからね……あ、死んだ」

「ですよね。まあ、あんな分かりやすいのに逃げないのが悪いので」

このゲーム、ああいう分かりやすい攻撃は容赦ありません。攻撃見てから私が歩いて避難可能だった時点でお察しでしょう。

あの攻撃、残っている枝が多いほど威力高そうですね。さっさとへし折りましょうか。

「今の攻撃は分かりやすく、セシルさんが言ったようにアースクエイクとしておきましょう。来たら近くの《危険感知》持ちに付いていきましょうね」

「『おう！　他界他界はゴメンだ！』」

打ち上げダメージと落下ダメージの２段階ですからね。最強の武器が地面というのはアクションでは常識です。母なる大地はとても怖い。

「ォォォォオオオオォォォォ！」

「ん……？　ストンプ……ですか？」

地面が赤くなりましたしストンプのはずですが、今までとは微妙に声が違いましたね。動物達は攻撃をやめ、少し距離をとっているのが気になります。

なぎ払いは一緒で……。

「これは……時間差か！」

「慌てず近くの枝！　後衛は波紋だけを見てください！」

時間差で下ろされる枝から波紋が広がり、波紋同士はそこで打ち消し合います。

「ちょ、おまっ……ぐへぇ」

「おっおっおっ……セーフ！」

よっ……と、避《よ》けれましたね。

ＨＰが減ったからでしょう。ストンプは時間差が普通になり、果実も椀飯《おうばん》振る舞いですね。沢山降ってきますよ。全部お返ししますけど。護身術が育って美味《おい》しいです。

ただ、しばらくしたら頭が禿げ上がり、果実が降ってこなくなりました。それにより航空部隊が合流です。

「上の判定なくなっちゃった」

「では枝狙いましょうか」

「おっけー」

順調にストンプ後の枝をへし折っていきます。

そして残りの枝半分ぐらい？　という時に２本目のＨＰゲージが逝きます。

この時アースクエイクを使用しましたが、今度は被害なし。さすがに皆、あれはご免なのでしょう。枝が減ったことで、明らかに突き上げの広がる速度が落ちていますね。

「さあどうなる？」

ゲージは後２本。パターンがまた変わると思うのですが……再び足元に《危険感知》が来ました。

「おっと……なるほど！」

そして上を見てしまったのが運の尽き。突然の衝撃と浮遊感ですよ。

「あたっ……」

着地したら寸前で裏切ったセシルさんが、地面から突き出た木を斬りつけているのが目に入りました。私も斬りかかります。

少ししたら引っ込んでしまいました。地面は塞がっていますね。

「地面からの突き上げ攻撃ですか……【ダークヒール】。仲良く地上の人辞めてくれて良かったんですよ？」

「いやいや。不死者と違って俺は体力言うほどないからね？」

「まあ、上は潰したのに上を見た私の落ち度ですが」

「今度は下だね。残りの枝と下の根？　でゲージ全部かな」

「根っこは誘《おび》き出さないとですね」

ということで、遊撃のアタッカー達はストンプが来るまで直立して根っこ攻撃を待ちます。来たら避けて根っこを攻撃しまくるだけですね。

「武器が斧《おの》の人、すごい良い音させてますよね……」

「ほんとにね」

カコーン、カコーンって聞こえるんですよ。完全に樵《きこり》です。これが特効でも入ってる感じでバカにできないのですけど。

前線に出るわけにもいかない私達隊長組も、根っこを誘き出して滅多打ちにします。私とセシルさん、フェアエレンさん。更に双子もこっちの方が安全なので、こちらに参加です。

「大鎌かー。ロマンあるよねー」

「ですね」

根っこ攻撃はストンプ中にも来るようなので、ストンプの声を聞いたら少し歩いて根っこをキャンセルしてしまいます。そしてジャンプで避けて、再び根っこ待ち。

んー……ああ、動物達はプレイヤーも助けてるんですね。頭突きで助けられてるのが何ともあれですが、体力は減ってなさそうです。

……3本目が逝きますね。

「『3本目逝ったぞー！』」

「さて、クエイクですかね」

「グオオオォォォォォオオオオオ！」

「お、初めて聞く声だ」

枝が集まるのですが……3本ですね？　しかし1本1本はそこまで大きくない。北、東、南方面に枝がありますね。

マップを見ると……南側が扇状に赤へ。

「おっ？」

「早いですね？」

『姫様！　ところどころに安全地帯がある！　分からん奴は動物がいる場所だ！』

ルゼバラムさんからの情報を通達しておきます。

「マップ全体に見えるけど、ところどころ影響がない部分があるのか」

それであの振り下ろし速度ですか。早過ぎましたからね。ただ、3本あるのに1本だけというのも気にな……るほど。

今度は北が赤くなりました。そして、南を叩いた枝がこちら……西へやってきました。

「これ、決められたパターンが終わるまで続く耐久ですか？」

「あー、あれね。あれ終了トリガーが体力だと最悪なんだよなぁ」

「航空部隊に上から爆撃させてましょうか」

「それが良い」

「ではそのように。一号！」

一号を呼び戻し、【クイックチェンジ】で馬に変えておきます。もうここまで来ると、自分では走りたくないですよね。

フェアエレンさんには枝を狙って爆撃を頼んでおきます。本体は動かないだけあって、物凄い硬いようなので狙うだけ無駄ですね。

北が終わると東が赤くなり、北にいた枝は南へ移動しました。なので、北と西の境へ移動を開始します。

いえ、西の番が来たら北側の範囲外に。西が終わったら西に戻ればいいじゃないですか。わざわざ一部の安全地帯に逃げ込む必要がないわけで。問題があるとすれば……そう考える人は当然いるので、みっちりしてることでしょうか。まあ、仕方ありませんね。

おや、スケさんがいつの間にかワイバーンに乗って爆撃に参加してますね……。その方が楽ですか。私はまだ呼べませんからね……。

2回ずつ各方面ドッスンして終わりましたね。それぞれ元の位置に戻ります。一号もアウルに戻しておきます。

再び根っこを釣っていると根っこが来なくなりました。枯渇したんですかね。後はメインであるストンプしてくる枝を伐採するだけです。

「ライフももうすぐ半分。終わりが見えてきましたね……」

「だねぇ……俺も前線行ってこようかなぁ」

「良いんじゃないでしょうか？」

セシルさんならストンプぐらい避けれるでしょう。トッププレイヤーの1人だけあって、火力も十分ですからね。

私はいつも通り魔法攻撃でもしていましょう。そろそろ行動パターンが最終段階に入ると思うのですが……。

「オォオォオォ！」

あ、変わりましたね？

東西南北にあるうちの1本ずつが、定期的にストンプをし始めましたね……。

「『何という嫌がらせ！』」

他の枝は普通に攻撃してくるので、一斉にされるより枝が狙いづらいようですね。

有効的ではあるんでしょうけど、ジャンプするのも結構面倒なのですが。かと言って避けないと割と痛いですからね。

「一号、地面叩いてる枝をピラーで攻撃」

「カタカタ」

飛んでる一号が、地面を叩いた瞬間の枝にピラーを発動させます。これが一番楽そうですかね。

ああ、航空部隊が動き出しましたね。では任せましょう。

「ォォォォオオオォォォォオオオ！」

この声は……時間差ストンプですね？

それぞれタイミングをずらし、更に東西南北でもずらしてきましたか。打ち消し合う場所がかなりバラバラになりますね。

「ちょちょちょ」

「難易度上がり過ぎでは⁉」

「演奏中にジャンプさせるとか、鬼畜だよねー」

最初に叩いた枝などはすぐ上がるでしょうから、後の方に地面を叩いた枝を狙ってくださいねー。

枝が少なくなるごとにストンプがしょぼくなっていき、全ての枝をへし折ると。

「ォォォォォォ……」

「お、特殊ダウン入りましたか？」

「『ボコれー！』」

設定された特定の状態異常を与えた時や、部位破壊などをした時に発生することがある、普通の怯《ひる》みやダウンとは違う特殊ダウン。設定によってはイベントアイテムとかが必要……などもありますね。それらを含めて名前通りの特殊なダウン。発生させるのが大変なので効果が長いことが多く、大体無防備になるため、フルボッコのチャンスです。

トリフィドは短くなって使えなくなった枝を投げ出すように崩れています。どうなってるんでしょうね、あの木。

「ヒャッハー！　俺～たちゃ～きこ～りだぁ～！」

「魔物～だろうが～知ったこっちゃねえ～！」

「植物に～生まれたことが～運の尽き～！」

「『木は総じて素材だー！』」

「『ヒヒヒ……木、あんだろ？　なぁ。置いてけよ、木。なぁ……置いてけよ……』」

あの人達絶対樵じゃなくて妖怪ですよ。妖怪木材置いてけ。

本体の防御力も激減したようで、当然のようにプレイヤーに集《たか》られ、３割ほどあった残り体力が消し飛びました。

「オ、オ、オォォ……」

「『我々の勝利です！』」

「『うおおお！』」

《ワールドクエスト：島の生態系を取り戻せ！　完了》
《クエスト評価を確認中………》
《総隊長行動不能………０回》
《総隊長死亡回数………０回》
《部隊長行動不能………０回》
《部隊長死亡回数………０回》
《異人兵行動不能………６４７１人》
《異人兵死亡人数………０人》
《聖獣達との関係………良好》
《対象制圧率………１００％》
《対象討伐率………１００％》
《クリア評価………Ｓクリア！》
《更にパーフェクトクリアとして、報酬にボーナスが追加されます》
《ＭＶＰ投票が可能です。各項目に頑張ったプレイヤーを選択しましょう》
《報酬はイベント終了時に纏《まと》めて支払われます。ゲーム内時間０時まで残りのサバイバルをお楽しみください》
《種族レベルが上がりました》

〈種族レベルが30になりました。よって一部種族スキルが解放されました〉

〈種族レベルが30になったので、制限が緩和されます〉

〈《閃光魔法《せんこう》》がレベル25になりました〉

〈《閃光魔法》の【ルーメンマイン】を取得しました〉

〈下僕のレベルが上がりました〉


ふむ……？　お昼からなので、4時間ぐらいトリフィドと戦っていたようですね。残りの後8時間ぐらいは打ち上げでしょう。

そして投票ですか。0時までに投票すれば有効なようですね。イベント全体での投票と、ワールドクエスト中の投票があるようですね。

ダメージランキングなどはサーバー側が出すので、その辺りでは決められない項目が並んでいるようですね。印象に残っているプレイヤーとかその辺りが。

「スターシャ、これやんよ」

「お、魔法の調味料セットが揃《そろ》った」

トモから調味料の残りを貰《もら》ったので、早速統合しましょう。

「おぉ……これは凄い。是非お持ち帰りしなければ」

「ほう……？　ほーカレーが食いたい」

「材料はあったたし、作ろうか」

「よっしゃ」

中央に帰ったら案の定お祭り状態ですね。

早速シュタイナーさんに食材を貰い、料理キットを展開して作り始めます。

それと同時に、スキルなどの確認をしましょう。30になったので、《死霊秘法》のテンプレートも弄らないとですね。

「姫様進化はー？」

「アルフさんと同じくありませんでしたよ」

「そうかー。まあ既に《高位不死者》だしそんなもんかなー？」

「そう言えば、スケさんも一部制限されます的なこと言われました？」

「言われたねー。ゲームバランスのためでしょう？」

「だと思います。30になったので、制限が緩和されますって出たんですよね」

「ほほーん？　簡単に計算しても、本来高位は60レベぐらいからだろうしー？　進化はないけど、制限外れるから強くはなっていくのかな」

「とりあえず30で解放されたスキル確認しましょうかね……」

「強いよー」

私が欲しいと思った人外系共通スキルは、次の３つですね。

《魔力最適化》

体を巡る魔力を整え、効率を良くし強化する魔物の本能。
全ステータスを強化する。補正値はベースレベルとスキルレベルに依存する。
《野生の勘》
野生で生きるあなたは他に比べ勘が鋭い。
《直感》以降のスキルを強化する。
《弱肉強食》
気配に敏感でなければ、野生では生きていけない。
《危険感知》以降のスキルを強化する。

とてもいいと思うんですよ。特に無条件全ステータス強化とか、取らない理由がありませんし？

パッシブスキルは良いものです。

「《闘争本能》も取るべきでしょうかね……」

「20のやつだっけ。確かアルフは取ってたねー。僕は死ぬから取ってなーい」

《闘争本能》
残りＨＰが少なければ少ないほど、全ステータスが上昇する。
補正値はベースレベルとスキルレベルに依存する。

ＨＰが発動トリガーなので、スケさんはまあ……そうでしょうね。不死者系は自動回復もあるので、ＨＰ調整が大変というか……回復手段が貧しいので、常に減らしておくのはリスクが高過ぎるんですよ。

30で解放された3つだけにしましょう。ＳＰは……3つで9ですね。まだまだ余ってるので問題ありません。メモだけしておいて、イベント終了後に取りましょう。

「んー……これは不死者用も取りましょうか……」

「ゾンビ何だった？」

「ん？　種によって違うんですか？　《怯《ひる》み耐性》でしたけど」

「良いなー。骨は《落下ダメージ軽減》とか言うゴミスキルだったんだけどー？」

「軽いから……ですかね……」

「ゾンビが《怯み耐性》で、アーマーが《ノックバック耐性》なのに、骨が《落下ダメージ軽減》とか……運営！」

「ＳＰが浮くと考えましょう？」

「共有スキルじゃないから消費少ないじゃん！」

「確かに」

ＳＰは2ですか。少し多いですね？　被弾時の行動妨害や詠唱キャンセル率辺りに影響が出そうなので、取っておきましょうか。

スケさんが言うには《落下ダメージ軽減》の説明を見る限り、落下時だけではなく、吹き飛ばされて壁にぶつかった時のダメージも軽減してくれるそうです。とは言え、今のところ『で？』という状態だとか。

「ぶっ飛ばされた時点で僕死んでる気がするんだよねぇ」

「まあ……大体吹き飛ばし系って打撃判定ですからね……」

スキルが４個増えますが……ビルド的に必須級なので致し方なし。

さて、そろそろ味付けしましょうかね。

「『ん!? カレーの匂いがする！ どこだ!?』」

やっぱカレーは気づきますよねー。匂いが強いですから。まあ、トモとリーナのＰＴに食われてなくなると思いますけど。

「お姉ちゃんからカレー臭がする！」

「言い方！」

「いひゃいー……」

「『そら、そうなるな……』」

妹のほっぺをグニグニしてやりましょう。

「よくカレーが作れましたね？ スパイスは？」

「魔法の調味料セットに入ってたんですよ」

「なるほど、あれですか」

聞いてた料理人達が、一斉に自分の持っていない箇所を募集し始めました。すぐに他の場所から

カレーの匂いが漂い始めることでしょう。

トモとスグ、リーナのPTに配ります。人数的に2杯余りますね……。

「うん、美味《うま》い。そう言えば久々にカレー食った気がする」

「俺も久々かもしれん」

「私も久々ー」

トモとスグも久々のカレーですか。リーナはまあ、うちはあまりカレー作りませんからね。

「カレー粉だけじゃなくて、瓶のスパイスセットまであるじゃねぇか！」

「カレー配合でもしろと？」

「したけりゃすれば？　ってことだろうな……これは交換せねば……」

この魔法の調味料セット、薄口濃い口、更には魚醬《ぎょしょう》。味噌《みそ》は勿論みりんやポン酢、マヨネーズなんかもありますからね。とりあえずこれがあれば、作るだけなら困らないでしょう。

全て品質はCなので、それ以上が欲しいなら自作しろよってことでしょう。料理は品質で味とバフ効果に影響があるので、結構重要です。

私はリアルでもやるので取っただけで、そこまでやり込むつもりがありませんので、このセットで十分です。

どちらかと言えば……生産なら錬金に力を入れたいですね。

「そうだ、スケさん。錬金キット返しておきますね」

「ああ、おっけー」

終了時に勝手に戻されるでしょうけど、一応返しておきます。

飲み食いしながら雑談してるのもいれば、ＰＫではなく決闘モードでＰｖＰをしていたりと、完全にお祭りですね。

そしてお祭り終了の時間がやってきました。

「はーはっはー！　俺だぁ！　帰るぞー」

「皆さんどうでしたか？　第二回公式イベント終了のお時間です」

「『おー！』」

《《第二回公式イベント、夏といえばキャンプ！　終了》》
《《投票集計中…………完了。ランキングが発表されました》》
《《リアル１ヵ月以内に報酬を選択してください》》
《《これより５分後、通常マップへと転送します》》

ランキングですか。どれどれ、総合ランキングは……。

んー……生産組が強いですね。エルツさん達が上にいます。私は……上の方ではありますか。セシルさんやリーナの戦闘組がむしろ低め？　まあ、内容的にひたすら生産して配ってた方がポイント稼げるでしょうからね。

ワールドクエストでは隊長組が上の方にいて、結構入り乱れてますね。補充回数の多い《調合》系スキルの人や《料理》系が結構上の方に。後は運搬部門も結構上の方にいますね。

「リアル1ヵ月過ぎたら交換できなくなるからな！　忘れるなよ！」

「交換忘れたって言っても無視しますからねー」

「すぐ戻りたければメニューから帰れるぞ！」

予定通り魔法の調味料セットと……湧き出る水筒を数個……3個ぐらいですかね。後は製菓セットやバーベキューセット、製麺セットも交換しておきましょう。後は保留ですかね。

「姫様おつかれー」

「お疲れ様です。クレメンティアさん」

「また今度ねー」

「ええ、機会があれば」

「「姫様フレンド！」」

「良いですよ」

「「わーい！」」

クレメンティアさんを見送り、アメさんとトリンさんとフレンド登録をしておきます。

「そう言えば、スケさんとアルフさん明日の予定は？」

「んー？」

「狩りじゃないかな？」

「行きたいところあるので付き合ってもらえますか？　狩りにもなると思います」

「「いいぞー」」

アメさんとトリンさんはレベル的にまだ無理ですね。

「では２－２エリアに行きたいので、ベルステッドに集合で。何時にしますか？」

「今日はもう寝るだろうし、午前中からでも良いべよー」

「そうだねぇ……どのぐらい掛かりそうなんだ？」

「敵が30後半なので、そこそこかかるのではないかと？」

「10時じゃあれかな。８時にするー？」

「既に眠いし、ログアウトしても眠いだろうから良いんじゃない？」

「では８時にベルステッドの広場で」

「「おっけー」」

そんなこんなで、イベントエリアから通常エリアへ戻ってきました。

イベントエリア開始時の場所に帰ってきたので、スケさん達に挨拶してログアウトです。体を伸ばしてから寝ましょう。イベントが０時までだったので、既にロスタイムです。

メモしたスキルを取得して、おやすみなさい。

■公式掲示板4

【無人島には】夏といえばキャンプ　最終日【何を持っていく?】

1. 運営
ここは第二回公式イベントのサバイバルに関するスレッドです。
イベントに関する総合雑談スレとしてご使用ください。
初日はこちら。
2日目はこちら。
3日目はこちら。
4日目はこちら。
5日目はこちら。
6日目はこちら。
7日目はこちら。

4315. 遭難した冒険者

支配級かー。確かに面倒だな。

4316. 遭難した冒険者
ゴブリンはまあ……って感じだったけど、ここまで変わるんか。

4317. 遭難した冒険者
ジェネラルじゃなくてキングだったらもっと変わるらしいなぁ。

4318. 遭難した冒険者
ほぉーん……いって！　フ◯ッキンシード！

4319. 遭難した冒険者
あれペシーン来るよな……。

4320. 遭難した冒険者
あれダメージそこそこだけど、なんかイラってする。

4321. 遭難した冒険者
分かる。なんかムカつく。

4322. 遭難した冒険者
当たると良い音するからやろな……。

4323. 遭難した冒険者
あのハリセンで叩《たた》かれてる感が悪い。

4324. 遭難した冒険者

それだ！

4325. 遭難した冒険者
なるほど、ＳＥのせいだな？

4326. 遭難した冒険者
多分な。

5862. 遭難した冒険者
少し早めに昼休憩して、一気に最終エリアかー！

5863. 遭難した冒険者
ご飯の種類が豊富で草。

5864. 遭難した冒険者
最終日だから椀飯《おうばん》振る舞いだな？

5865. 遭難した冒険者
うめぇうめぇ。

5866. 遭難した冒険者
おい、姫様が野球始めたぞ。

5867. 遭難した冒険者
は？

5868. 遭難した冒険者
やってんな、野球。
5869. 遭難した冒険者
姫様からライナーが飛んでくる。
5870. 遭難した冒険者
野球つうか、バッティングセンターだな。
5871. 遭難した冒険者
しかし相手はデッドボールを狙ってくる。
5872. 遭難した冒険者
あ、くっそ良い音したな。
5873. 遭難した冒険者
姫様がパリィだけでなく、反射も覚えたか。
5874. 遭難した冒険者
そういや、今まで使ってなかったな。
5875. 遭難した冒険者
【リフレクトパリィ】って15ぐらいじゃなかった?
5876. 遭難した冒険者
パリィ2次なら15だな……。

5877. 遭難した冒険者
なに、最近15になったの？　そんなバカな……。
5878. 遭難した冒険者
確かに変だな。パリィと言えば姫様のメイン防御スキルだろうに？
5879. 遭難した冒険者
アルフさんと組んでたら使わないんじゃね？
5880. 遭難した冒険者
まあそうだが……。
5881. 遭難した冒険者
危ないからって前線に連れてかれる姫様可愛い。
5882. 遭難した冒険者
ケツから飛んでくるタンクからしたら死活問題だろうしな……。
5883. 遭難した冒険者
いや待てや。総隊長最前線連れてくなや。
5884. 遭難した冒険者
姫様なら死にやしねーよ。
5885. 遭難した冒険者
むしろ下手なタンクより生きてるんだろうなぁ……。

5886. 遭難した冒険者
容易に想像できる。
5887. 遭難した冒険者
特に今回射撃系多いからなー……。
5888. 遭難した冒険者
と言うか姫様だいぶおかしいよな。なんであんな反射できんだ？　この際反応速度には触れないことにしても、クールタイム的に考えて……。
5889. 遭難した冒険者
確かに、冷却極振りしたとしてもあれだな。そこの秘密が装備なんじゃね？
5890. 遭難した冒険者
ああ、そうか。あの装備か。
5891. 遭難した冒険者
反射するようになってよりジ○ダイになり始めてる。
5892. 遭難した冒険者
そのうちライトセーバーになってぴょんぴょんしだすの？
5893. 遭難した冒険者
さすがに飛び回る事はしないいんじゃないかな……。

11250. 遭難した冒険者
ようし、ボスだ！

11251. 遭難した冒険者
クライマックスフェイズ！

11252. 遭難した冒険者
4本かー。

11253. 遭難した冒険者
これ、近づけねぇぞ？　どうすんだ？

11254. 遭難した冒険者
さあなぁ。ただ、HPは順調に減ってるな？

11255. 遭難した冒険者
航空組がなんか、上で戦ってるっぽい？

11256. 遭難した冒険者
なんか、飛んでくる種を避けながら攻撃するシューティングゲームしてる。

11257. 遭難した冒険者
まじかよ。

11258. 遭難した冒険者
姫様今度はバレーかテニスしてるぞ。バドミントンでも良いけど。

11259. 遭難した冒険者
揺れ……揺れ……。
11260. 遭難した冒険者
うるせぇ！　木でも見てろ！
11261. 遭難した冒険者
嫌だ！　女体が良い！
11262. 遭難した冒険者
ドストレート過ぎて草。
11263. 遭難した冒険者
ビルダーにでも囲まれてしまえ。
11264. 遭難した冒険者
１人１人ポーズ違うんだろ。
11265. 遭難した冒険者
あ、なんか来るぞ。
11266. 遭難した冒険者
さて、なんだろうな？
11267. 遭難した冒険者
これストンプだー！

11268. 遭難した冒険者
やべぇ！　二陣ジャンプしろー！
11269. 遭難した冒険者
波紋に合わせてジャンプだぞ！　良いな！
11270. 遭難した冒険者
さすがと言うか、ボス戦中に掲示板してる奴らの切り替えの速さな。
11271. 遭難した冒険者
ほんそれな。よっ……と。よし。
11272. 遭難した冒険者
ぐえー！
11273. 遭難した冒険者
何当たってんだおめぇ。
11274. 遭難した冒険者
あー……そこそこ被害でたな。
11275. 遭難した冒険者
まだ北のゴレ行ってないのが多いだろうからな……。
11276. 遭難した冒険者
まあ、死ぬ威力じゃないようだしまだマシだな。

11277. 遭難した冒険者
さて、姫様の言うようにストンプしてきたら殴るか。
11278. 遭難した冒険者
それぐらいしか無いか。本体くそかてぇし。

13641. 遭難した冒険者
１本目逝ったぞー！
13642. 遭難した冒険者
お……？　なんかヤバそう。
13643. 遭難した冒険者
ヤバそうってかヤバい。
13644. 遭難した冒険者
お、姫様の方に逃げれば良いんだな。
13645. 遭難した冒険者
退避退避。
13646. 遭難した冒険者
エグすぎワロタ。
13647. 遭難した冒険者

なんであいつら逃げなかったんや。

13648. 遭難した冒険者
知らんがまあ、体張ってどうなるか見せてくれたんだ。ありがたいな。

13649. 遭難した冒険者
あれ生きるのは無理そうだな。

13650. 遭難した冒険者
無理だろうなぁ……。

13651. 遭難した冒険者
アースクエイクと命名された。

13652. 遭難した冒険者
おう、分かりやすくていいな。通達が楽だ。

15643. 遭難した冒険者
ちょ、おまっおまっあーっ！

15644. 遭難した冒険者
時間差かー。これ中間が一番辛そうだな。

15645. 遭難した冒険者
前衛もそこそこ辛いな。視界外から来ると堪らん。

16386.遭難した冒険者
なんという事をしてくれたのでしょう……。
16387.遭難した冒険者
大切な葉だったのに！　ツルッパゲじゃないか！
16388.遭難した冒険者
人間のすることかよぉ！
16389.遭難した冒険者
飛んでる奴ら人間じゃないけどな。
16390.遭難した冒険者
そいやそうだな。

17531.遭難した冒険者
クエイク来るぞ！
17532.遭難した冒険者
とっとこ退避しようねー。
17533.遭難した冒険者
迫力が減ったな。

17534. 遭難した冒険者
枝へし折ったからじゃね？
17535. 遭難した冒険者
部位破壊の影響かね。
17536. 遭難した冒険者
お？　上からの攻撃が復活した？
17537. 遭難した冒険者
下じゃねぇか！
17538. 遭難した冒険者
なんといやらしい攻撃を！　けしからん！
17539. 遭難した冒険者
ケツの穴が増える！
17540. 遭難した冒険者
うるせぇ出てきた根っこ殴れ！
17541. 遭難した冒険者
斧《おの》が楽しいのおおおおお。
17542. 遭難した冒険者
良い音してるよな。

17543. 遭難した冒険者
　微妙にエフェクトが特殊な人いるよな？
17544. 遭難した冒険者
　特効でも入ってるんじゃね。
17545. 遭難した冒険者
《伐採》系持ちかつ斧持ちが特効入ってるっぽいぜ。
17546. 遭難した冒険者
　植物に強い組み合わせか。

19121. 遭難した冒険者
　クエイ……ク？
19122. 遭難した冒険者
　だな……？
19123. 遭難した冒険者
　ははぁん……今度はそういうあれか。
19124. 遭難した冒険者
　範囲ギリギリにいると楽だなこれは。
19125. 遭難した冒険者

同じ考えの奴らで大渋滞だけどな。
19126. 遭難した冒険者
範囲内に何箇所か安全地帯があるらしいぞ？
19127. 遭難した冒険者
敏捷《びんしょう》微妙だからちょっとな……。
19128. 遭難した冒険者
姫様が馬に乗って端に来た。
19129. 遭難した冒険者
隊長達はまあ、死んだらあれだからな。俺らの精神安定のためにも端でいいよ。

20739. 遭難した冒険者
良いぞ！　もっとストンプしろ！
20740. 遭難した冒険者
揺れ……揺れ……。
20741. 遭難した冒険者
はっ！　天才か！
20742. 遭難した冒険者
近くにたゆんがいねぇ！

20743. 遭難した冒険者
揺れるサイズ無くて悪かったなぁ！　あぁ⁉
20744. 遭難した冒険者
ひえっ。
20745. 遭難した冒険者
なぜ自分から尻尾踏みに行くのか。

21420. 遭難した冒険者
妖怪がいた。
21421. 遭難した冒険者
は？　妖怪？
21422. 遭難した冒険者
妖怪木材置いてけ。
21423. 遭難した冒険者
ああ、うん。
21424. 遭難した冒険者
樵《きこり》が逞《たくま》しすぎて草。
21425. 遭難した冒険者

終わったかー！
21426. 遭難した冒険者
終わったなー！
21427. 遭難した冒険者
宴会だー！
21428. 遭難した冒険者
ヒャッハー！　打ち上げだー！

05　現世《うつしょ》と幽世《かくりょ》

今日は起きてからゲームに入らず、ゆっくり朝を過ごしてから待ち合わせ時間にログインします。

昨日はイベントから戻ってその場でログアウトしてましたね。特に準備する物もありませんし……いや、組合に寄って整理しないと。

イベント中はMPの問題から《空間魔法》がほぼ上がってません。戻ってきたのでまた上げていきたいところですが、これから行く場所を考えると……【インベントリ拡張】は使えませんね。

……んー？　尾《つ》けられてますか？　PKですかね。推奨はしていませんが、できないわけではありませんし。コソコソしてる時点で怪しさしかないですね。丁度組合行きますし、PK前提で預けておきますか。

1万単位で預けているので、手持ちが2kになってしまいましたね。まあ、旧大神殿エリアも格上なので良いとしましょうか。セットなどは料理キットに統合して……と。

こうして改めて持ち物を見ると、私レアアイテム持ってませんね……。強いていうなら闇のパーツや……サーロインにヒレ？　我ながら、PKする価値が皆無ですね……。行動範囲の狭さがここに……。いや、そうか。キャパシティのために取り込んでしまうせいですね。ワンチャンボスの討伐報酬だった指輪ぐらいですか。

ワールドクエストの報酬であるトリフィドの木材系は、後でプリムラさん行きですね。どうせ自分の装備はこれでしょうから、お金は下僕用の装備に使うべきか。

まあそれはそうと、行きますかね。中央広場の立像からベルステッドへ移動します。

「お、やあ」

「おはよう！」

「おはようございます」

「早速行くかい？」

「そうしましょうか」

ＰＴに誘い、所持金などの確認をします。なんかＰＫっぽいのに見られていることも伝えておきましょう。勿論《もちろん》ＰＴチャットで。

「ほほーん？」

「二陣も来て１ヵ月近くは経《た》つからな。そろそろ活発に動き始めるかな？」

「ＰＫとＰＫＫはＭＭＯお馴染《なじ》みですからね」

全員で馬を召喚し、北へ向かって移動を開始します。

「しかし姫様を狙うとは、命知らずだねー？」

「弱点がはっきりしている以上、狙いやすさはあるんじゃないか？　問題はリターンとリスクが噛《か》み合ってなさ過ぎることだけど……」

「姫様狙う時点で正気とは思えないしー……私怨じゃない？」

「妬みとかが理由なら、リターンは度外視か」

「小さい人間ですねぇ……。ＭＭＯで他者を気にするだけ無駄だというのに」

「「まったくだ」」

北の森を馬で駆け抜け、旧大神殿エリアに突入します。

あれ？　これソロで来て……ワイバーンに乗っていけば早かったのでは？　空ってフライングヘッドしかいなかったような？　既に遅いので地上を倒して進みましょうか。狩りにもなりますし。

「目的地は中央です」

「ある程度は調べておいたけど、あまり情報がなかったなー」

「この情報は丁度会ったスケさんにしか言っていません。狩り場としては格上過ぎますからね」

「光持ちかつ魔石狙いぐらいじゃないと、わざわざ来ないだろうね」

２人にここで狩りした時の情報を伝えておきます。ここは何より増援と連携が問題ですからね。

「んー……いっそＰＴ分けてフル召喚してての、レイド組むー？」

「ああ、確かにありだね。２人の召喚体ならここでも通用するでしょ？」

「なるほど。呼べるのは４体まで ですね」

「じゃあ僕が抜けるからアルフはそのままー」

「分かった」

複数ＰＴで組むレイドで、スケさんを誘います。

キャパシティを考えると……アーマーだけ30ですかね。他は20のままで上乗せと、ワンコはカスタム召喚。アーマー、スケルトン、スケルトンウルフ、アウルの4体。アウルには《閃光魔法《せんこう》》を持たせておきます。

「良いですか一号。バーストは禁止です。それとエクスプロージョンは私が言った時のみ、言った場所にですよ。普段はそれ以外で戦うように」

「カクン」

全員30で上乗せかつ、ウルフにはカスタム2箇所で召喚できるキャパシティが欲しいですね。つまり8100。後1800ぐらい足りませんか。ワイバーンなどを考えると……うん。

「竜種を使いたいけど……キャパシティ何とかしないとだなー」

「ですね。87で17はちょっと……」

「ほんとねー」

基礎で8倍の上乗せ7倍。1体で17000は飛ぶので辛いですね……。現状レギュラー入りは無理です。森だとサイズの問題もありますからね。まあ、状況に合わせて変えられるというのが使役系の利点なので、ちゃんと選択しろよってことなんでしょうけど。アウルにしましたが……森ならスパイダーもありなんでしょうか。結構試してない素体があるんですよね。

それはそうと。

「頭が来たら私が殺《や》りますので、地上をお願いしますね」

「「おっけー」」

アルフさんは遠距離がない。スケさんは敵の魔法を防ぐのが大変なので、私が対応するのが一番楽でしょう。

《魔法触媒》のアーツに【マテリアルバリア】と【マジックバリア】があるんですが、スケさんはこれで防ぎます。強度が知力と精神依存だとか。私も《魔法触媒》取りましょうかね？　このレイピアでも機能しそうですし。でもＳＰを考えると……怪しいですかねぇ。《ＨＰ超回復》や《高等魔法技能》を見る限り２次スキルは30が上限ではない。そう考えるとまだ余裕はあるかもしれませんが……。

おっと、空飛ぶ頭が来ましたか。飛んでくる敵の闇系統魔法を反射しつつ、こちらも魔法を撃ちます。

「この頭、反射練習に良いかもしれませんね」

「飛行系は当てるの大変だからねー」

「まあ時間掛けるわけにもいかないので……一号」

背後からアウルに後頭部へ【ルーメンショット】を撃たせます。止まったところで私も【ライトランス】を放ち倒します。飛行系は基本的に体力が低いですからね。

召喚体合わせ11人ほどいるので、スムーズに進んでいきます。こちらのレベルが上がったのもあるんでしょうけど、ある程度は楽になりましたね。

「お、盾に剣に弓か。バランス良いじゃないのー」

「倒せはするんですけど、先に行ける気はしなかったんですよね」

「アーマーは持っとくから、他よろしく」

「姫様弓でいいー？」

「構いませんよ」

アウルは私とスケルトンアーチャーに行き、アーマーをスケルトンソルジャーに当て、他はアルフさんのアーマーに向かわせます。ソルジャーは私のアーマーが持ってる間にスケさんがボコるでしょう。アーチャーは私とアウルが光を持っているので、すぐ死ぬでしょうし。アーマーは終わり次第ボコれば良いでしょう。

アーマースケルトンアーチャーに矢を反射してもいまいちですね。矢は刺突判定ですから、軽減されます。とは言え、パリィ以外にも反射という選択肢が増えたのは良いですね。軽減であって無効ではないのですから、無駄にはなりません。

【ライトアロー】や【ライトランス】を撃ちつつ、敵が弓を構えたら【ロイヤルリフレクト】を使用して、レイピアを《危険感知》のラインに持っていき、後は微調整するだけ。

パリィより必要動作が少なく済むので、是非とも極めたいところ。《野生の勘》や《弱肉強食》が増えたので、システムアシストは十分そうです。

アウルがアーチャーの真上から【ルーメンショット】を打ち込みゴリっと減らし、私の攻撃で倒します。

スケさんの方はもう倒せますね。アルフさんの持ってるアーマーを殺りますか。

「アルフさんそいつ飛ばせますか？」

「ん？　まあ、可能だと思うけど」

「では、【ルーメンマイン】」

「なるほど」

私と下僕達は離れます。

アルフさんが馬に乗り、少し下がってから馬が後ろ蹴り。それによりアーマーがノックバックして、私が背後に置いた【ルーメンマイン】に突っ込み南無三。素晴らしい威力ですね。

「相手をボールにシュート！」

「超エキサイティン！」

アルフさんのネタ発言に反応するスケさん。

「うん、楽でいいね」

「そう言えば姫様。マインって【念力《サイコキネシス》】で動かせるらしいよ」

「マジですか」

「ボールは友達さ！　蹴ったら死ぬけど！」

「まあ、私達が【ルーメンマイン】蹴ったら死にますね……」

スケさんの方も終わったようです。先に進みましょう。

「僕も《付与魔法》取ろうかなぁ？」

「アンデッド対策ですか？」

「んだー」

「同じ種からタゲは来ないとは言え、ぶっちゃけその場に一種だけってのほぼないよね」

「ですねぇ……。ＰＴ組んでたら置いてくわけにもいきませんし？」

「まあ、下僕達の物理でも良いんだけどさー。あればアルフにも使えるじゃん？」

「属性武器がまだないからなぁ……」

ファンタジーお決まりの、属性を持った武器がまだありませんからね。それと蘇生《そせい》系もありません。そろそろ見つかってもいいと思うのですが……。

「喰《く》らえ、必殺！　素殴り！　……うお、杖《つえ》の耐久結構減った！」

「何してんだお前……」

魔法触媒の杖は打撃用ではない……。

相手がアンデッドなので、闇も影もいまいちですからね。スケさん本体は暇なのでしょうけど。

寄ってくるアンデッド達を倒しつつ、クエストマークの出ているエリア中央へと順調に進みます。全員30超えているので、サクサクですね。

ようやく人工物らしき物が見えてきましたが……。

「む？　フライングヘッドですか。外周と中央付近にいて、中間にいないと」

「姫様が上見るようになると……僕もアーマー出しとくかなー？」

「……これ無理じゃね？」

大神殿があったからには結構発展してたのでしょう。つまりそれなりに開拓がされていたはずなのですが、永い間放置されてただけあって、自然に飲み込まれています。

ただ、それなりに開けているんですよね。つまり今までと違って少々見通しが良い。アンデッドの十八番、数の暴力が発生するはず。

「んー……フライングヘッドはスケルトン系ですか……。一号、アウルで町を見てきてください」

「カクン」

「【ビジョンシップ】」

「ああ、なるほどー。上もアーチャーもどっちもスケルトン系かー」

人外系の利点として、同じ系統からはタゲが来ません。

それを利用し、アウルの視点を共有して偵察です。

「植物に飲まれてますね……。入り口は東西南北。敵が……いない？」

「敵がいない……理由は何だ？　それ次第では突っ込むのが正解かな？」

さて、ルシアンナさんは何と言ってましたか……メモ……メモ……。

えー……破棄した理由がアンデッドが集まったため。原因はステルーラ様の立像だけだったから。よって、今の教会には４柱全ての立像が揃《そろ》えられている……と。

「像が原因なら、町中までアンデッドが入っていかない理由は何だろね？」

「今もステルーラ様の立像だけなんかねー？」

「なるほど。確かにその辺りが気になりますね」

「とりあえず一旦移動しようか。入り口正面辺りに」

「そうしよか」

リンクしたら堪りませんので、一度離れてから入り口が見える場所へ移動します。

移動の際に横にいる一号に、アウルへ指示を出します。思えばクラウド制でどれも一号なのですから、近くにいる別の素体に指示を出せば良いんですよね。ということで、移動後に落ち着いてから、アーマーでも釣って町へ飛んでもらいます。これでアーマーがどうなるか。

アウルに反応したアーマーはアウルを追って町へ。そして中央に行くにつれスピードが落ちて……崩れ落ちて消えました。経験値はなし……と。

「ふむ。少しエフェクトが特殊でしたね。あれが浄化でしょうか」

「寄ってきてるのに寄り過ぎると浄化されるのか……いや、むしろ浄化されるために寄ってくるのか？　分からんけど、突っ込むのが正解かな」

「ですね。スケさんはもう、飛んでいって良いのでは？　私は……地上行きますかねぇ……」

「ふむー。突っ走るのに向いてないしそうしよっかなー」

「姫様は……頭はともかく、アーチャーが反応するだろうからね」

ということで、ワイバーンを召喚したスケさんを見送ります。

「では私達も行きましょ……ん？」

「あれ？」

「あ、なんかソロクエスト中になってますね」

町の範囲に入った瞬間スケさんの姿が消えて、ＰＴリストの名前が灰色に。フレンドリストを見るとソロクエスト中という表記に変わっています。

『なんか始まったんだけど、これ姫様が行った方が良かったんじゃー？』

「多分私が持ってるクエストとは別のだと思いますが……」

『「冥府へと至る道」だってー』

「別のですね。しかし最終的な目的はそれだったので、結果オーライです。私達も行きましょう」

「突っ走るかねぇ」

一度全部送還して、馬で呼びます。アルフさんも自前の馬に乗り、いざゆかん。

進路上のアーマー以外は突っ込み、飛んでくる弓と魔法は当たるのだけ反射したり受け流します。アルフさんは全て防げばいいので、むしろ私より楽でしょう。

壊れて閉じることのない門を通り、町の領域へと入った瞬間、横を走っていたアルフさんが消えて隔離されました。敵も来ていないようですね。

『冥府へと至る道』
死後の世界であり、不死者のエリート達が集まる冥府。
そこへ至る道にて試練を受け、認められれば冥府へと行けるだろう。
1．旧大神殿へ向かおう。
発生条件：不死者

達成報酬：冥府への通行権

なるほど。しかしまずはルシアンナさんのクエストですね。旧大神殿の礼拝堂の掃除から。

旧大神殿の場所はクエストマークが出ているので、早速そちらへ向かいましょう。このクエスト用の土地で、他には何もなさそうですからね。

正面へとやってきましたが……うん、ボロボロ。下手なことしたら崩れてきそうですね。石造りですが蔦《つた》が巻き付き、壁も崩れています。ただ、柱などはまだ機能しており、最低限の形は保っている……と。完全に廃墟《はいきょ》ですが、これはこれで雰囲気ありますね。リアルではまず見ない光景なのは間違いないですし。朽ちた建物とのびのび育つ植物。これはこれで好きですよ。

さて、観察はやめて中へ行きますか。壁が崩れたりしているので、中の保存状況も最悪です。植物入ってますし。しかし、元はかなり豪華だったんだろうな……と、想像できますね。

それにしても、教会ではなく神殿と呼ばれていることに意味があるんでしょうか。今の教会とは構造が違うようです。今は入り口が礼拝堂と言える配置ですからね。確かリアルでも教会と神殿は別の意味があったはずですね……。

後ほど探索するべきでしょうか。何かあったらルシアンナさんに渡しても良さそうですね。ステルーラ様の加護を得ようとしているので、余計なことはなるべくしたくないのですよ。かなり前らしいので、既に持ち主はいなさそうですが……冥府にいたりして。

ここですか、礼拝堂。他に比べると不自然なレベルで綺麗《きれい》ですね。大きな扉がありますが、これを開けるのは無理でしょう。横に付いてる小さい扉を開けて中へ入ります。

まず目に入ったのが、大きなステルーラ様の立像。そしてその両サイドに残り3柱の小さな立像が。そして壁一面には豪勢な彫刻が施され、長椅子が並んでいます。本当に、不自然なほど綺麗ですね。ここだけ時間の流れが変なのでは？　とりあえず【洗浄《クリーン》】を使っていきますか。範囲的に余裕でMP足りませんね。回復を待ちながらやりましょう。セーフティーエリアなようで、すぐできるでしょう。


この小さい3柱、明らかに即興ですね。『4つの立像は揃えて置かないとダメ』というのがここの事件で分かった……的なことを言っていたので、判明してからアンデッド達を掻《か》い潜《くぐ》り小さい立像3つを置いたのでしょうか。アンデッドが集まる時点で、町としては機能しませんね。小さな立像では大きな立像を無効化できずアンデッドが集まるが、町の範囲ぐらいは浄化が効いている？

ステルーラ様の立像を砕くのが最速なのは間違いないでしょうが、やりたくなかったのでしょうね。いや、この礼拝堂の保存具合を考えると、『破壊できない』可能性がありますか。

さて、これで……綺麗になりましたかね？

〈クエスト：『旧大神殿礼拝堂の掃除』を達成しました〉

〈特定の条件を満たしたため、『称号：ステルーラの祝福』を取得しました〉

ステルーラの祝福
副神ステルーラからの祝福。
空間系魔法のコストが軽減される。

※神々から貰《もら》える加護について
この世界で行動していると、神々から加護が貰えることがあります。
その加護は貰うたびに強くなり、祝福・加護・慈愛と名前が変化します。
加護は称号で表示され、その効果と名前は加護をくれた神々次第です。
そして、くれる条件も神々次第です。
もし加護を望むなら、神々の目に留まるような行動を取りましょう。
勿論《もちろん》良い意味で。悪い意味で目に留まると、外なるものという刺客が……。

つまり祝福が加護の一番下……と。装備に変化がないのですが、加護まで行かないとなんでしょうか？　それともまだ条件が何か足りないんですかね。《鑑定》した方が早いですね。えー……『進化が必要です』とか出てますね……はい。
では、ルシアンナさんからのクエストは終わったので、冥府のクエストをしましょう。えっと……ステルーラ様の立像の裏から？

うわぁ……地獄への入り口って感じがしますね。この地下より下へ行くであろう真っ暗な階段、中々勇気が必要なのでは？　いえ、行きますけど。

カツカツと、ただただ黒い空間に足音を響かせながら降りることしばらく、踊り場になったと思ったら上り階段に。他に行く場所もないので上っていくと、突然視界が開け何やら通路に出ました。

「おやおや？　客人とは珍しい。さあ、こちらへ」

通路の先は開けているのが見えるので、そこから声がするのでしょうね。

『認められよう』ですか……ここで試練とやらをするのでしょう。行きますか。

「ようこそ、エリートを目指すふし……しゃの…………………」

ようこそ、歓迎するよ！　な笑顔だったのに、段々真顔になってますが、大丈夫ですか？　というかこの人、ちゃんとした肌してますね。レベル80のゾンビ系。《高位不死者》のマーダークレアスですか。

「冥府へ行くにはここで試練を受ければいいのですか？」

「よもや！　……本当に？　我らの姫たられる御方。どうぞこちらへ……ご案内致します」

あれ……試練……まあ、良いというのですから付いていきますか。

「早くないか？」

「待ち人来たり……だぞ」

「なんと……話には聞いていたが……そうか……」

「ごきげんよう？」

今度はアーマー系ですね。《高位不死者》で、リーサルナイト。レベルは90台。

部屋自体は中央にリングというか、一段高くなった舞台がありますね。近接戦闘系の試練なのでしょうか。アーマーの人ですし。部屋を通るたびに付いてくるのが1人増えたのですが、《高位不死者》しかいませんね。試練するところなので、高レベルが担当ですか。

しかし結局試練は全てスルーし、恐らく最後の部屋へ連れてこられました。部屋から続く通路には再び例の、黒い階段が見えますので最後なのでしょう。道自体は直線でしたね。

「ようこそ、姫たられる御方。我々一同、心より……心より、お待ちしておりました。私はマルティネス。立場としては軍の中でも上から2番目になります」

そう言って私に跪《ひざまず》いているのは……恐らくアルフさんの最上位ですね。幽世の首無し近衛騎士《デュラハンロイヤルガード》。

なんと、レベル100。座れと促されたので座ります。大人しくしてましょう。戦闘になったらまず勝てません。格上というか、ラストダンジョンレベルですよ。

「……軍の2番手が試練を？」

「勿論本来は違いますが、状況が状況ですので……。さすがにトップが離れるわけにもいかず、こうして私が待っていた次第で」

上から2番目の地位を持った軍人が離れられるのも、大概な気がしますけど？

マルティネス……将軍？　軍事はさすがに知りませんし、冥府軍がリアルと同じ構成とは思えませんね。2番目と言っていましたし騎士団だとすると、マルティネス副隊長とかで良いでしょうか。

「これより現在の幽世の状況をご説明させて頂きます」

そして現在の幽世の状況説明。大変嫌な予感がします。イベント戦闘でしょうか。

「貴女様には、努力せずその立場に胡座《あぐら》をかく王を、蹴落として欲しいのです」

「それは穏やかではありませんね。反逆しろと？　いや、クーデターと言うべきか……」

「それこそが我らの神、ステルーラ様のお望みです。現在幽世は正常に機能しておりません。このままでは地上に死霊が溢《あふ》れかえるでしょう」

「つまり全く役目を果たさない王を蹴落とし、私になれとステルーラ様がお望みだと？」

「ステルーラ様は新たな王たられる御方がやってくる……と」

「そこにこの種族である私が来たというわけですか」

「加護も受けておられるご様子。是非に……」

蹴落とすことで覚悟も見せろ……ということでしょうか。とりあえず詳しく聞いておきます。

「時間で言えば遥《はる》か昔、元々王になり得る御方はお二人おられました。しかし王が君臨され姫は追い出された。当時は問題なかったものの、今はこの有り様。我々は姫を探しに出ること叶《かな》わず……」

あのミイラですか！　ここでまさかのバックボーンが出てきましたが、追い出されてからの情報は持ち得ない。姫が地上でどう動き、あそこにいたかは不明ですね。不死者は基本幽世の住人。追い出された姫を探しに行くことはできないと。

権力争いとか王位継承権の争いに負けたと言えばまあ、それまでですが。


『幽世を正常化せよ』

冥府にて不死者達を懐柔し、彼らを引き連れ謁見の間へと向かおう。
常夜の城の愚王を奈落へと落とし、玉座に座して王家の力を解放せよ。
・閻魔《えんま》法廷。
・輪廻《りんね》の塔。
・冥府軍の訓練場。
・王家の離宮。
・常夜の城の執務室。
発生条件：不死者の王族
達成報酬：？？？

説明を聞いたらクエストが発生しましたね。……拒否権なんてなかった。実に報酬が楽しみなクエストなので、拒否するつもりはありませんが。この発生条件だと、スケさん達には出てなさそうです。

「我々がお供致します。まずは閻魔法廷から参りましょう。そこが冥府への入り口です」

今は大人しく従うにしても、どうしたものか。本来片方のみの言い分だけで判断するのは阿呆《あほう》なのですが……いや、不死者の嘘《うそ》つきはご法度でしたか。契約と断罪の顔が騙《だま》すことを許さないようですから、ステルーラ様の名も出している以上、気にする必要はなさそうですね。

試練担当の人達と通路の先の階段を降りて上ると、広がった視界に巨大な湖が映ります。対岸が見えないレベルですか。何キロあるのでしょう。

「お待ちしておりました。ようこそ、王の器を持つ御方。私達は歓迎致します。さあ、お乗りください」

三途の渡し守《カロン》……トリンさんの進化系ですかね。そしてこれ、湖ではなく、三途の川ですか。皆で船に乗り込み、対岸へと運ばれます。スケさん達は……まだ試練中のようですね。

リストから目を離し辺りを見渡すと、渡し守と霊魂を1人ずつ乗せた船が、大量に浮いています。

気になるのは船を待っている霊魂が、かなり多い気がすることでしょうか。

「死霊が溢れる……つまり、この霊魂達のつまり具合は正常ではないと？」

「その通りです。本来の力が発揮されていないため、処理が滞っています」

副隊長が言うには、王が堕落しているので王家の力が全然機能していないようです。王家の力とは幽世にいる不死者の強化に加え、幽世という領域の活性化による魂の浄化作用、更に霊魂に応じた土地の拡張などもあるようで。それらがいないよりはマシだけど、ぶっちゃけ誤差レベルのせいで詰まり始めているとか。

ではここからは副隊長ではなく、本職であろう渡し守の人に聞いてみましょうか。

「透けていない霊魂と、透けてる霊魂の違いは？」

「自分が死んだことを受け入れていない、理解していない者です。本来は船に乗り、対岸に付く頃には透けるのですが……現状は周りを見れば嫌でも悟るでしょう」

微かにでも透けてるのを見れば、普通ではないと思いますか。

んー……どうやら不死者が試練を超えて来る場所と、霊魂の乗り場が結構違うようですね。不死者ではない、一般霊魂船乗り場の近くに何やら建物がありますね？

「あの建物は何です？」

「あの建物は子供が親を待つ場所……とでも言えば良いでしょうか」

あー……親より先に死ぬ親不孝が云々《うんぬん》の何かがありましたね。賽《さい》の河原《かわら》……でしたか？

「しかし子供だけには見えませんが」

「いくつになっても親からすれば子は子ですよ」

「なるほど、確かにそうですね」

「勿論様々な理由があるので、その見極めの場所でもあります」

待ってる間に孤児院的な生活をするか、報いを受けたりするかを決める場所だとか。それは様々な理由……病気や魔物は勿論、口減らしや騎士として……だったりですね。子供が親を待つ場所でもあり、子と会った時に親がどういう態度を取るかを見る場所でもあると。

「寄らずに直接船に乗る者もいるように見えますが？」

「その辺りは我々にも分かりません。ある程度方向性が分かっているぐらいですね。幼い子供や家族関係に未練がある者……が、多いでしょうか」

神、ステルーラ様のみぞ知る……ですかね。

「動物などの魂を見かけないのは？」

「ステルーラ様により、次元分けがされております。ここは人類系統の次元ですね」

「正直一番大変な次元ですよ。知能、感情がある故に……かなり複雑ですからね」

不死者の管理する幽世《かくりよ》の、対となる現世《うつしよ》。その中でも人類と言われる者達が集められる階層のようで。リアルでは人の階層と言えば良いのですが、この世界は獣人やエルフなどもこの階層です。

人類・虫・動物・魔物などで『次元分け』されており、各次元それぞれがカルマによる『階層分け』をされているようです。大雑把に言えば、天国と地獄は各次元にそれぞれあるわけですね。一部魔物はともかく、虫や動物などは基本的に本能で動くので、人類とは階層構造が違うようですが。

船の上では特にすることもないので、王となるなら必要な知識を教えてもらっていると、到着したようです。

「……巨大な川の割に、言うほど時間が掛かりませんでしたね？」

「先程言った魂を透けさせる……死んだことを受け入れたり、自分の中で区切りを付けたり、整理するための航海です。なので航海の時間は様々で……あのように、全然進まない者もおります。不死者はその必要がありませんから、ただ真っ直ぐ進むだけです」

「なるほど……では行ってきます」

「ご武運を」

渡し守の人に見送られ今度は道沿いに進み、先に見える巨大な門へ向かいます。貴族のお屋敷って感じでしょうか。長い列はできていますが、進みは結構速いようですね。それでも詰まってますが、私達はその列の横を素通りするようです。

大きな門から入ったら天井の高いフロアで、ゴシック系のシャンデリアが淡く光を振りまいているようです。入り口付近で複数の不死者が、複数ある通路に割り振っているようですね。それぞれの通路の横には不死者が立っています。

「どこに行っても変わりはありません。全ての先で裁定者《さいていしゃ》と会うことになるでしょう」

この場所が閻魔法廷というように、裁定者は閻魔様のような役割のようです。要するに、カルマに応じて天国か地獄に割り振る人……という認識で良さそうです。

フロアにいた不死者達に跪《ひざまず》かれつつ、正面の通路を進みます。私に跪くのは気が早いと思いますが、玉座を奪還すればそれが普通になるんでしょうね……。

通路の先は小部屋になっており、裁定者の不死者と霊魂が向かい合い、更に分かれた通路に進むようです。再び跪かれつつ、一つの通路を進みます。

「先程の部屋で階層分けがされます」

「ではあれら通路の先が？」

「いえ、メインフロアで裁定者に割り振り、先程の部屋で裁定者がカルマで振り分けます。先程の部屋は一定以上魂が白いとこの道で、魂が黒いほど入り組んだ道に振り分けられます。これらの通路で、同じぐらいのカルマ同士を合流させ、何本かに分かれて全て最後の部屋へ到着します」

「……裁定者のいる2番目の部屋は複数あり、メインフロアでその部屋にとりあえず振り分ける」

「はい。メインフロアは特にカルマは関係ありません」

「2番目の部屋で裁定者に振り分けられた霊魂は、通路を進むうちに同じぐらいのカルマの者と合流し、最後の部屋へ向かう」

「そうです。最後の部屋は大きく、他のカルマ組も見えますが、結界により進むしかありません」

後は見た方が早いと進むことにします。

進んだ先はメインフロアのような場所でしたが、大きく違うところは中央ですね。少し高くなったところにわりかし豪華な椅子が鎮座し、そこに1人の不死者が座っています。

複数ある列はそれぞれ列ごとに違う通路へ向かっており、それを座っている不死者が眺めている状態ですね。

「あれが高位の裁定者で、最終確認をしています。列ごとにカルマの色が大体決まっているので、違うのが混ざると分かりやすいようですよ」

「あれら道の先が冥府と奈落なのですね？」

「そうなります。では少々話して参りますので」

副隊長が高位裁定者の元へ向かっていくのを、残りの試練担当の不死者達と端で待ちます。

「本当に来られたのだな……。しかも加護持ちとは」

「これより予定通りに」

「うむ、皆もそれを望むだろう。こちらも列が途切れん。宰相もお待ちかねだ」

「裁定者も1人来るのでしょう？」

「うむ、私が行こう。代わりを呼ぼう」

今豪華な椅子に座っている裁定者が付いてくるようですね。よって交代の裁定者が来るまで少し待ちまして、再び副隊長の後を付いていき、右側を抜けて建物を出ます。

「ここが冥府です。他の道は奈落になります」

「見えているあれが常夜の城ですね？」

「そうです。ボロいですが、それも今日までの話です」

今日までの話……お城も王家の力で変わるんですか？ 確かにお城は国の象徴的な意味もあると は思いますけど。お城の先端部分欠けてません？ 本来はかなり立派なのでしょうが、大変悲しい。

「これから待機している戦力を集めるわけですが、どこから参りましょう」

突然後ろを付いてくるＮＰＣみたいになられましても、土地勘ないので連れていって欲しいんで すけどねぇ。とりあえず、クエスト欄の閻魔法廷は終わったので、他の場所ですね。

「輪廻の塔というのは？」

「あの天まで続く塔ですよ」

城下町の中央広場にあるようです。先の見えない、『時が来た』魂の行く場所。ぶっちゃけお城 より大事らしいですね。星幽《アストラル》へと続く転生をするための塔。

「軍の訓練場はどこに？」

「城にありますよ」

軍の訓練場は城の敷地内。離宮も当然敷地内でしょう。執務室は言わずもがな。となると道筋は ほぼ固定ですか。

「では輪廻の塔から訓練場、離宮へ行って執務室ですね」

「そのようにご案内致します。おっと、道中ステルーラ様の立像がございますが、お祈りは玉座奪還後にするように、宰相に言われておりますので」

「順番が意味あるのですね？」

「そのようです。では、道の真ん中を堂々とお進みください」

「戦力が集まるまで、コソコソしなくて良いのですか？」

「その必要はありません。敵対勢力がおりませんので」

ああ……とっくに見限って、挿《す》げ替える首待ちの段階だったわけですね。

「霊魂とアンデッドとの差は知能。霊魂と不死者の違いはステルーラ様。言い換えれば我々は全員が信者であり、王という大層な役割を与えられたにもかかわらずあの体たらく。そんな者に、我々が手を貸すなどあり得ない」

そう言いながらも副隊長達は護衛として、私を中心に囲むように位置取りをしました。宗教戦争はリアルでも有名です。信仰心をバカになどできるわけもなく。これは、気合を入れてRPする必要がありそうですね！　私の首も替えるような状況になった場合、ＰｖＰが発生しそうです。しかも不死者組は確実に敵側になるはずなので、絶望的です。

冥府の住人らしい霊魂達に見られつつも、こちらも辺りを観察しますが……建物がボロボロですね。たまに目に入るなら住んでいる人次第で済みますが、全体的にボロい。更に今歩いている大通りだろう道の地面も、ひび割れが気になりますね。

輪廻の塔はスカイツリーの比になりませんね。まあ神が創り給うた塔と、人工物を比べるのが不敬ですか。

「これより訓練場へ向かい、離宮へ行った後、宰相の場所へ向かう予定だ」

「予定通り見届人を出そう。王の器を持つ御方。どうか、霊魂達をお救いください」

「できうる限りのことはさせてもらいますよ」

塔の門番である1人が私達に付いてくるようですね。見届人とか言っているので、王が替わるのを見届けるのが目的でしょう。今の王が強いとは思えないので、戦力としては既に過剰な気がします。これから向かうのが軍の訓練場なので、戦力のメインはこちらだと思うのですよ。王1人対カンスト多数とか、少々哀れですね……。自業自得っぽいので、知ったこっちゃありませんが。

「では訓練場へ向かいましょう」

「ええ、急いだ方が良さそうですね？　大都会って感じの人口です」

「本来は魂数に応じて変わるのですが、拡大速度が遅過ぎて話になりません」

本来王家の力で広がるはずの土地が広がらないので、人口密度が凄いことになってるわけですね。まあ、日本を基準にすればまだ行けると思いますけど。

ステルーラ様の立像の横を通りまして、常世の城へ向かいます。言われた通り立像はスルーですよ。宰相が言っていたようですが、進化ルートをある程度把握しているんですかね……。

「宰相はいつから宰相なのでしょう」

「確か1000年は前でしたか。最古参の1人ですからね。確実に総隊長より前のはずですから、そのぐらいだったかと」

「4桁ですか……総隊長も長いのですね？」

「総隊長は600年ぐらいだったはずです」

さすが不死者と言うべきか。1000年もいれば、ある程度不死者の進化先ぐらいは把握しているでしょうね。特に宰相なら情報は集まってくるでしょう。宰相は幽世の老賢者《アーウェルサエルダーリッチ》らしいですね。

リッチと言えば、スケさんやアルフさんは大丈夫でしょうか？　フレンドを見る限り、まだ試練中のようですが……まあ、ソロクエスト中は邪魔しないように、こちらからは連絡とりませんけど。味方のいないソロクエストは、1回のミスがそのまま死に繋《つな》がることが多いですからね。カバーしてくれる味方がいないのです。オプションでソロクエ時のメッセージなどをどうするか、設定できます。突然のコールで集中力が途切れる事故防止です。


さて、このゲームで初めて見るお城ですね。……ボロいですけど。先の方欠けてるなんて優しいものじゃなく、完全にへし折れてますね。大変良い感じの月見会場になりそうですよ。

寄り道はせず、真っ直ぐ訓練場へ向かっているようですね。お、メイドさんだ。騎士もいますね。皆例外なく、さっと横へずれて道を譲りつつ、頭を下げています。

うん、姫になった実感がします。まあ、見た目はかなり様々ですけど……。骨だったり鎧《よろい》だったり、霊体だったり。人の形してるだけマシですか。……このハードルの低さ。

特に階段を登ったりなどはせず、真っ直ぐ城の奥へと進み中庭らしき場所へ出ました。

「このまま真っ直ぐ行くと離宮がありますが、訓練場はこちらになります」

離宮は訓練場の後に行くので、中庭を真っ直ぐ行かずに横に逸れます。

中庭も庭師に整えられてはいるのでしょうが、何分見るものがありません。建物はボロボロだし、庭には何も咲いてないし、散々ですね。王という立場に拘《こだわ》りがあるのでしょうが、この辺りは気にしないのでしょうか？　貰っても復旧作業からですかね……。

寂しい中庭をしばらく進むと、結構立派な壁が見えてきました。訓練場を囲んでいる壁でしょう。まあ、近くで見るとヒビが入っていたりするのですが、へし折れてるよりはマシですか。

「お、総隊長。丁度いいところに」

「マルティネスですか……。ふふ、時が来たのですね。しかも加護持ちとは」

「ええ、ようやく張り倒せますよ」

総隊長は肩より少し長いセミロングで金髪の、少々鋭い青色の目をした美女ですね。レベル？　さも当然のように100ですよ。

「スヴェトラーナ・グラーニンです。ラーナとお呼びください」

それはもう見事なカーテシーをされました。私も自己紹介して返しておきます。

「種族は霊体系、エインヘリヤルソードマスターですわ」

……エインヘリヤルですか。さすがに調べなくても知っています。

「英雄なのですか？」

「元……ですね。ここでは霊体の1人に過ぎませんが、帝国の方で少し」

てへぺろっ的な感じに言われました。この人結構お茶目ですよ？

帝国って言うと……確かディナイト帝国ってのが南の大陸にありましたっけね。そこの出身ですか。副隊長が言うには600年ぐらい前の人らしいですけど、ここなら歴代の英雄に会えそうですね？　転生してなければ。

「細かい話は後ほど致しましょう。マルティネス、次は？」

「次は離宮です」

「宰相はその後ですね？」

「はい」

「では行くとしましょう」

ラーナと愉快な仲間達を連れて、今度は離宮へと向かいます。新たに付いてくるのは冥府軍所属のカンスト組……の一部。一部です。一部。さすが、不老組はレベルがおかしい。

ラーナがなんていうか、物凄い姫騎士っぽいですね。種族からしてバラバラなので、服装は全く統一されていません。ゾンビの高位は生者と見分けが付きませんし、霊体も高位は割と自由そうですが、問題はスケルトンとアーマーですね。骨とフルプレートはどうにもなりませんか。

それにしてもラーナ……中々大胆なドレスですね。プランジングネックで、白から青のグラデーションのロングスカート。プランジングネックを着ているだけあって、立派な物をお持ちで。あれはVネックの強化版ですからね……。

背筋をピンと伸ばして堂々と歩く姿は、切れ長の目も相まって大胆でいて上品な美女です。うん、良いですね。実に良い。身長は170超えてますね。175はないと思いますが、ナイスバディです。しかし……これで騎士団長なんですよね。つまり、この幽世においてトップレベルの戦闘能力があるはずです。もしくは作戦を考える方の頭脳か。しかし英雄……エインヘリヤルというならば、戦闘能力だと思うんですよね。北欧神話で有名なエインヘリヤル。ワルキューレによってヴァルハラに集められる勇者、英雄の魂。ラグナロクの際に戦力として集められた者達ですね。今武器は持っていないようですが、相当な戦闘能力のはずです。

おっと、ラーナを観察してたら着いたようですね。それなりに歩いた気がします。副隊長ではなく、総隊長であるラーナが何の躊躇《ためら》いもなく扉を開け放ちました。

「エリアノーラ！」

そしてよく通る声で叫ぶと。さすが軍人というべきか？

恐らく2階の廊下から、1人の霊体がすり抜けて降りてきました。そしてラーナのように実体化したことで、向こう側が透けなくなりましたね。

「何事です、グラーニン様」

「お待ちかねですわ」

「なんと……！　お初にお目にかかります。エリアノーラでございます。ここ離宮にて、専属侍女兼、他の侍女達を纏《まと》め上げる侍女長でございます」

「正確には幽世においての筆頭侍女ですわ。今いる侍女やメイド達は全て、このエリアノーラの指導を浮けていますの」

「となると、最古参の1人ですか？」

「いいえ、不死者的には若い方でございます」

「そうですわね。しかし我々は完全実力主義。年齢や権力、財力など微塵《みじん》も価値がないのですわ」

……まあ、理解できることですね。幽世は完全に独立空間のようですし、年齢はラーナで既に600年超え。宰相なんて4桁ぐらいのようですからね。死んだら魂一つでこちらに来るわけで、生前の財力は発揮できず。ここでの立場は不死者が上。生前が王でも関係なしと。

「求められるのは役目を全うできる能力と人格。そしてステルーラ様への信仰のみですわ」

「となると、唯一の問題が王家ですか」

「ええ、本当に。困ったものだこと……まあ、それも今日までだもの」

「そうですね。さっさとご退場願いましょう。仕え甲斐《がい》がありません」

2人の笑顔が大変恐ろしいので、さっさと次行きましょうか。ついに最後、執務室……宰相のいる場所へ向かいますよ！

付いてきたエリアノーラは、私が玉座を奪取したら、私を主《あるじ》としてお世話することになるようです。王となるので全員呼び捨てが推奨で、口調は今のままでも別に良いとか。

筆頭侍女のエリアノーラは、ヴィクトリアン系の大変シンプルなメイド服です。黒いロングワンピースに白いエプロンのあれですね。髪は茶色で、リボンで髪をポニーテールにするだけという、至ってシンプルな装い。目は菫色《すみれいろ》。これと言って特徴がない……ですかね。ラーナが横に立つと余計に。まあ、侍女としてはそれで良いのでしょうね。主人より目立つ使用人はどう考えてもNG。身長は私より少し高い。165ぐらいでしょうか。

お城にいる不死者に跪かれつつ、階段を登ったりすると目的の場所が見えてきました。その部屋の前だけ騎士がいるので、そうでしょう。まあ、その騎士も跪いてしまうのですが。

ラーナは離宮と同じように開け放ちました。

「む？　グラーニンか……」

「宰相、あれはどこに？」

「あいも変わらず玉座のある謁見の間だろう」

「ではさっさと行こうではありませんか」

「何……？　まさか？」

「ごきげんよう、宰相。これからお世話になると思います」

「おぉ……ついに、ついに来られたか……。器も魂も不足なし。異人というのは些細《ささい》なことか」

「今更ですが、良いのですか？」

「魂の色を見れば分かりますぞ。そしてステルーラ様の加護も持っておりますな？」

「ここへ来る前に祝福を貰えましたが……」

「問題のある者は貰えませんからな。かなり厳しいので」

恐らくスケさんの最上位進化形態である宰相とご対面です。ＮＰＣ専用ってパターンもありますけどね！　王家があるのだから、スケさんもなれるでしょう。進化ルートをミスったら知りませんが、やり直しがきかないのはＭＭＯではよくあること。

男性の骨格で、身長は……私が肩ぐらいなので１９０ぐらいありますね？　後は……骨です。いやまあ、明らかにお高そうなローブを着ていますけどね。

全部行ったことでクエストも進み、部下達を引き連れて謁見の間へ向かえと。

「では行きますぞ」

宰相と部屋の前にいた騎士も連れて謁見の間へ向かいます。

「さて、貴女様には我々を指揮してもらいたいところですな」

「私がですか？　ラーナに任せれば良いと思いますが……」

「解決できる能力を持つ相手に、そう指示を出すのが王の役目というものですぞ」

「……それは確かに。宰相は戦えるのですか？」

「儂《わし》は闇と死霊がメインなので、同じ不死者の相手は向きませんなぁ。とは言え、あの俗物ぐらいなら殴り倒せますぞ」

ぞ　く　ぶ　っ！

魔法系統のリッチである宰相に、物理で倒せると言われているって……相当ですね。

とりあえず指揮を執れとまでは言わないが、今いる人材をどう割り振るのか考えろ……ということですね。今いるのは宰相と扉の騎士。総隊長と副隊長率いる冥府軍の一部。試練担当の数人。後は輪廻の塔の門番である見届人と、闇魔法廷の裁定者。そして筆頭侍女ですか。……ふむぅ。

「では宰相は私の護衛で、エリアノーラは勿論私の側《そば》に。作戦自体はラーナ率いる冥府軍に任せましょう。試練担当の人達は全体を意識しておいてください」

執務室の前にいた騎士は宰相と一緒に護衛。輪廻の塔の門番と裁定者は、私と一緒に見学ですね。

「これで構いませんか？」

「ええ、堅実で結構。良いことですな」

「では後はお任せあれ」

やってきたのは豪華で大きな扉の前。両端にアーマーの人が立っています。当然のように90台。お城に入ってからメイドさんすら最低60台。ラストダンジョン過ぎて笑えますね。

アーマーの２人にゆっくり開かれた先は、長方形の部屋で天井が高く、色褪《あ》せていることに目を瞑《つぶ》れば豪華なのでしょう。そして正面の奥、高台になっている場所で大きな椅子に座っている男性が。

「お前達何しに来た」

「知れたこと」

「その座は、私が貰い受けます。ラーナ」

私が言った通りにラーナ率いる冥府軍は前に、私達は宰相の側へ。

「き、貴様は！　やらん！　やらんぞ！　これは私の物だ！」

金髪に青目。見た目的にはまさに王子様ですね。しかし……こう、残念王子感が凄まじいですね。悪役令嬢婚約破棄ものの、ざまぁされる王子って感じ。見た目が良いからこそ、中身の残念さが際立ちますね。このギャップは可愛くないですよ……。言動は大事ですね……私も気をつけましょう。

ジリジリと冥府軍の者達が王子（笑）へと迫っていきます。一応玉座に座っていた以上、王子ではなく王と呼ぶべきなんですが、まあ……。

レベルだけ見れば一応50台なので、私よりは格上なんですよね。ラーナ達を使うので、知ったことではありませんが。

「くそっ卑怯《ひきょう》だぞ⁉　こいつらに勝てるわけないだろうが！　望むなら1対1の決闘でやれ！」

「だそうですよラーナ。最後の願いぐらい聞いてあげますか？」

「え、嫌ですわ」

「だそうです。諦めてください」

「お前に言ったんだよ！」

「はて。宰相、継承の儀……のようなものはあるのですか？」

「そんなものありませんな」

「では私が戦う理由が一切ありませんね。さっさと役目を全うしましょう」

「『はっ！　おるぁ！』」

「ぐほぁ！」

あ、一瞬で撃沈した。冥府軍の人達が消えたと思ったら、王子が飛びましたね……。全員に殴られたんですか。

「ぶべっ！　お、おま、お前らやめっぐふっ」

まあ恨みかってそうでしたし、ここぞとばかりに追い打ちをかけてますね……。

も　ち　ろ　ん　止　め　ま　せ　ん　と　も。

気が済むまでどうぞ。

冥府の人達の反応から察するに、基本的に王家は複数存在しないようですね。いたらさっさとあの王子が消されていたはずですし。

「裁定者の御方。あれを奈落に送れとのことですが、判断を任せても？」

「勿論です。お任せください」

「頼みますね。宰相、私は座るだけで良いのですか？」

「ですな。もう座って構いませんぞ」

王子？　あれなら端っこに追いやられて囲まれてますよ。

「それは私の椅子だ！　触るなあああああ！」

「今日から私の物です」

「邪魔だお前ら！」

「ご冗談を。邪魔なのは貴方ですわ。いつまで煩わせるつもりですの、さっさと引っ込んで頂戴」

ラーナって結構辛辣ですよね。

怖いので巻き込まれないように放置して、玉座に座ります。

〈玉座に座りました。支配下の者達に力が与えられます〉

〈クエスト：『幽世を正常化せよ』が完了しました〉

〈特定の条件を満たしたため、『称号：幽世の支配者』を取得しました〉

〈ホームを手に入れました。ハウジングシステムについてはヘルプをご覧ください〉

〈《幽世に新たな王が誕生しました。幽世が本来の力を取り戻します。これにより異人達のデスペナルティが変更されます》〉


端で遊んでいるラーナ達や宰相達に、ワールドクエストと同じ赤い光。恐らく配下に……なので、冥府と奈落にいる不死者全員に効果が乗ったのでしょう。更に玉座を中心に波紋が広がっていき渡った後は綺麗になっていきますね？

「うわあああああああああ！」

ん……？　最後？　うわ、ハウジングメニューが開いた。そして王子がうるさい。王は私なので、王子に降格。いや、これから奈落に行くので、王子以下か。

「ああ、素晴らしい。ようやく……ようやくまともな者が……仕える者が……」

宰相、感動してるところすみませんが、今はそれどころではありません。帰ってきてお爺《じい》ちゃん。姫が困ってますよ。情報が多い！

最初の方はまあ……確認する必要はありますが、別段問題はありませんね。あの離宮が貰えたぐらいでしょう。

問題は後半の全体システムメッセージです。現在のデスペナは確か、所持金が50％。レッドプレイヤーだと75％でしたか。後はステータスの一時的な低下や装備品の耐久低下とかですね。

「くそぉ！　ぐえっぐはっ」

「まだいたのか……うるさい小僧だ。グラーニン、遊んでないでさっさと捨ててこい」

とりあえずまずは……。

「宰相、一応確認しますが、幽世は冥府と奈落のことですよね？」

「そうですぞ。ステルーラ様の領域全てを指す場合は、冥界ですぞ」

認識は合っていたので、幽世の支配者はそのまま冥府と奈落の王ですね。

「ここが幽世で、地上は現世ですね？」

「ですな。まあ大体はこの世とあの世」

「まあ……そんなもんですよね」

これも先程、階層分けについて聞いた時に教えてもらいましたね。宰相が言う時点で間違いはないでしょう。言葉の認識が合っているかという確認は大事です。ええ、大事です。

ハウジングメニューは……あれ、ホームがでかい？　これ完全に城丸々１個では。騎士や侍女など、城の住人はお助けＮＰＣとして機能するようですね。

いや、んん？　これハウジングメニューではありませんね。……お城は職場。ストラテジーだ！

既に設置されてる城や閻魔法廷、城下町など施設の強化ができますが……これ、資金はどこから？

自腹はちょっと……。細かく確認する必要がありますね……。

ハウジングメニューは……これですか。私の家はやっぱ離宮だけですね。こちらもエリアノーラを筆頭に、お助け住人ありと。本来は好きな住人を雇うのでしょうが、お城なのでセットですかね。

「ところで、なんか綺麗になりましたね？」

「まともな王が来たことで活性化されましたからな！　これが本来の姿ですぞ」
まともじゃない王はラーナに引き摺《ず》られて、裁定者とともに出ていきました。さらば、噛ませNPC。お勤めご苦労様でした。

確認することが多過ぎますね。まずはデスペナの確認をしたいのですが……これか。ハウジングではなく、お仕事。
んんー…………ああ、なるほど。死んだ時、直接広場などのセーブポイントで復活ではなく、一度冥府を経由するようになったのですか。
……何これ。

死亡時冥府募金金額
通常プレイヤー：30％
犯罪プレイヤー：75％

んー…………ああ、これですかね。

冥府募金
プレイヤーが死んだ場合にやってくる神社、神殿のような場所。

代償を払い、セーブポイントへと戻ることができる。

つまり今まで死んだ時ロストしてたお金が、冥府に入ってくるわけですか。このお金を使い、施設の拡張をしろと。ということは、気が向いた時にたまに見るぐらいで良さそうですね。

この辺りの数値は弄《いじ》れない……と。まあ、デスペナ回りは弄れないのが基本ですが、ゲームによっては弄れるのがあったはずですね……。確かPvPが主体で、領地を取ったギルドだかが設定できたような……。まあ、このゲームでは関係ありませんし、面倒なので弄れなくて結構。

次は……称号の確認。

幽世の支配者

幽世の者達への命令権を持ち、デスペナルティが免除される。

常夜の城の離宮がホームになり、幽世の拡張が可能。

なるほど、良い称号ですね。私は死んでもお金を払う必要がない。

異人達の霊魂の来る場所は住人の霊魂とはまた別で、さっき見た冥府募金のあるところですね。

募金が集まり次第、豪華にしてあげましょう。

自分達のデスペナで建った教会を刮《かっ》目《もく》せよ！

……嫌がらせですか？

さて、ハウジングをガン見する前にですね……。

「宰相、とりあえず進化したいのですが？」

「では中央広場へ行きましょう」

ステルーラ様の立像へ向かうのですね。宰相に付いていきます。ついでにここは解散。皆それぞれの場所へ戻ります。行き先が同じの輪廻の塔の人、私担当の侍女エリアノーラ、護衛として副団長は付いてきます。

少々ボロボロで朽ち気味だった内部も、すっかり新品同様ですね。お仕事メニューで間取りが見れるので、迷うことはないでしょう。確認のために軽く見て回るぐらいで済みそうです。

お城の割に少々寂しいのは初期だからですかね。これから拡張していけるようにしているのでしょう。この辺りはまあ、ゲームですか。

お仕事メニューは範囲内ならどこでも開ける……。つまり私の場合、冥府や奈落ならどこでも開けると。

「おぉ……クリスタルロータスが咲いている。小僧めが……」

宰相の見ている方を見ると、ハスですね。クリスタルのように半透明なハスだからクリスタルロータスですか。それが沢山咲いています。ハスって本来朝だけ咲いていた気がしますが、クリスタルな時点で同じわけがないか。そもそも冥府は常に月。後でじっくり見ましょう。

町の方へ下りると騎士達が道を作って待っていたようで、そこを通り真っ直ぐ立像へ向かいます。はて、いつから準備していたのか。座ったタイミングは強化されるので気づいたでしょうけど。

宰相の部屋の前にいた護衛の人が、立像のところで待っていますね。この人の仕業か。いつの間に移動してたのでしょう。

「お待ちしておりました。お陰様で全体的に綺麗になりました。感謝致します」

「私は座っただけですけどね」

「王は重要なのです。これからよろしくお願いします、サイアー」

「こちらこそお世話になりますよ。まだまだ弱いですからね」

「すぐに強くなられますよ。王とはそういうものですから」

そういうものですかね。メタ的に見れば私はプレイヤーなので、成長速度などは圧倒的に速いでしょうけど。

それに、サイアーですか。今までは『姫たられる御方』や、『王の器を持つ御方』呼びでしたが、玉座に座ったことで呼び方が変化したのでしょう。ユアーハイネスではなく、サイアーですか。覚えがあるのはサイアですが……あれは動物の雄親や種馬的な意味だったような？　検索検索……ああ、なるほど。ＳＩＲＥ……昔に君主や王、支配者などへの呼び掛けとして使われていた。

冥府はかなり古い人達でしょうし、あり得なくもないのですね。

ちらっと宰相に目を向けると、立像に到着したことの報告をすればいいそうです。

早速立像に到着報告をしましょう。

〈冥府へと到達したことにより、進化可能種族が追加されました〉

視界の端で進化マークが自己主張し始めましたね。久しぶりです。

冥府《ネザープリンセス》の王女

冥府の正統な王家の一族。

ようやく本来の実家へと帰ってきた。

幽世《アーウェルサプリンセス》の王女

冥府の正統な王家の一族。

冥府と奈落を管理する、幽世を統べる者。

ネザーとアーウェルサですか。

「アーウェルサ、出ましたかな？」

「ネザーとアーウェルサに進化することをお勧めしますぞ」

「アーウェルサに進化するとアーウェルサが出ましたね」

「宰相と同じですね？」

「ええ。ネザーではその後2回進化ぐらいが精々ですな。あまりにも勿体《もったい》ない」

「アーウェルサの方だと？」

「さて、それはサイアー次第ですな。アーウェルサなら深淵《しんえん》への道が開ける……とだけお伝えしましょうか」

「外なるものですか……」

「加護を得られているのです。目指すなら最大限のお手伝いを致しましょう」

「分かりました。では進化したいのですが……」

「エリアノーラ、寝室へ」

「はい、ご案内致します」

私とともに道を作っていた騎士達も撤退。この世界で護衛は必要なのでしょうか？　と思ったら、久々だから張り切ってるだけでそのうち落ち着くだろうと。別にこちらに困ることもないので、好きにさせてあげましょう。かなり高度なＡＩなので、彼らに認められるよう振る舞わないといけませんね。

今度はエリアノーラに付いていき、お城の中庭を突っ切り離宮へ。

「こちらの建物がプライベートエリアになりますな。何かあれば侍女、もしくは騎士に連絡を」

レベルは90から１００とほぼカンスト組。お城は仕事場、離宮がプライベートとなっているようで、お城よりこちらの方が平均レベルが高いと。まあ、いる人数を考えてもそうなりますね。

建物だけではなく、建物を含めた庭付きです。広さだけで言えば一番高いランクでしょうね。

離宮に入りメインフロアにある階段を登り、端の方にある扉を開け部屋へと入ります。

「あちらの扉が主寝室になります」

ソファーとテーブルがあるこの部屋は、寝る前に寛《くつろ》ぐ部屋でしょうか。エリアノーラの言う隣の部屋にベッドですかね。

「では進化してきますね」

「こちらで待たせて頂きますかな」

日当たりの良い部屋ですね。……いえ、正しくありませんか？　月当たりの良い部屋ですね？

私達の場合、日当たりの良い部屋とか確実に嫌がらせですからね。冥府に『陽』はないですけど。

ふかふかベッド……いや、普通の布団に潜り込みます。そのうち布団変えましょう。住人の不死者は寝ないでしょうから、布団なんてどうでもいいんですかね。そう考えると、あるだけましか。

06　レベル30進化と装備の変化

〈エクストラ種族、幽世の王女《アーウェルサプリンセス》への進化を開始します〉
〈高位不死者・不死者の王女《イモータルプリンセス》から、幽世《かくりよ》の最高位不死者・幽世の王女へ進化中…………〉

今回も勝手に視界が閉じ、ログに文字だけが流れていきます。

〈種族スキルが変更されます…………〉
《高位不死者》から《幽世の最高位不死者》
《闇のオーラ》から《死を纏《まと》うもの》
《不死者の王族》から《幽世の王族》
〈変更されたスキルのスキルレベルが調整されます〉
〈種族スキルが追加されます…………〉
《幽明眼》……取得
《裁定者《さいていしゃ》》……取得

《裁定の剣《つるぎ》》……取得
《ソウルチェイサー》……取得
〈職業が変更されました〉
〈王侯貴族となったため、ファミリーネームの設定が可能です〉
〈属性が変更されました〉
〈…………進化が完了しました〉
〈種族レベルが低いため、全ての力を発揮できません。一部制限されます〉
〈装備が最適化されました〉

うんうん、一気に来ましたね。
お楽しみタイムです。1個1個確認していきましょう。
まずはステータスから。

名前：アナスタシア
種族：幽世の王女　女　Lv30
職業：幽世の支配者
職名：最高位裁定者
属性：死

属：幽世の最高位不死者
科：アーウェルサロイヤルゾンビ
スキルポイント：80

幽世の支配者と、最高位裁定者……閻魔《えんま》様の仲間入りですか。
そして属性が闇から死に変わってますね。属性ヘルプによると闇の上位属性。対となるのは光の上位である聖属性のようです。具体的にどう違うのかまでは、ヘルプに載っていない……と。
名前のところにマークが付いていますね。

〈ミドル、ファミリーネームの設定が可能です。一度付けると変えられないので、ご注意ください〉

なるほど、後回しで。
さて、スキル。

《幽世の最高位不死者》
被聖属性1・5倍。
暗ければ暗いほど全ステータスにボーナス：極大
闇系魔法強化：極大

被闇系魔法吸収。
浄化無効。
クリティカル無効。
環境ダメージ無効。
自動回復系スキルの効果増加：極大
肉体系、精神系の状態異常を無効化する。
食事、睡眠不要。

……さすが最高位不死者というべきでしょうか。

まず補正が大から極大に。浄化耐性も中から無効。クリティカル耐性も大から無効になってます。

環境ダメージというのは暑さや寒さといった物を指しているようで。

そして陽に当たると継続ダメージという弱点を克服。被光、聖属性4倍から聖1・5倍のみに。

光が弱点ではなくなったようですね。属性死の恩恵でしょうか？

あと気になるのはもう、被闇系魔法吸収。闇はもう、積極的に当たりに行きましょうか。

魔力視や暗視の表記がなくなっていますが……。

《幽明眼》
明るさに影響されず、魂、魔力、精霊が見れる。カルマが魂の色に現れる。

こちらにレベルアップして統合されたようですね。

色が明るいほど所謂《いわゆる》良い人であり、暗いほど悪い人……と。基準は大人で灰色。子供ほど白い。

《死を纏うもの》
状態異常付与：猛毒、呪い、衰弱、即死。
スキルレベルに応じて状態異常確率上昇：猛毒、呪い、衰弱、即死。
10レベルごとに状態異常強度上昇：現在1　最大6

《幽世の王族》
ＰＴにいる闇属性の全ステータスを強化。
闇属性による全ての被ダメージがスキルレベルに応じて減少する。
スキルレベルに応じて、召喚した下僕に自身が持つスキルを与える。

毒が猛毒になって、即死が追加されていますね。

不死者とアンデッドから闇属性に範囲が拡大。

これらのスキルレベルを半分ぐらいにされていますね。それだけスキル効果が上がっているのでしょうか。

《ソウルチェイサー》
魂の追撃者であるあなたは、魂に対する特効を得る。
霊体特効。霊体系の軽減などを全て無効化し、問答無用でぶん殴れるようになる。
霊体系特効ってことですか。確かに、ここの者達が持ってても不思議ではありませんね。ラーナ達が種族に関係なく、霊体系の王子をタコ殴りにしてたのはこれでしょうか。

《裁定者》

善因善果、悪因悪果。

魂を導き、時には裁きを下す神々の代行者。

幽明眼で見えた魂の色に応じてダメージが増減する。

明るいほど減り、暗いほど増える。

《裁定の剣》

裁定者の攻撃を魂攻撃に変更し、肉体を傷つけず魂にのみ通す。

《幽明眼》で見えた魂の色に応じて変動するスキルですか。要するに隠しパラメータであるカルマ値に対するスキルですね。微妙ですが損はなさそうですね。明るい者と戦うことはそうないでしょうし。

んー……《裁定の剣》はRP用の対住人用スキルでしょうか。レッドプレイヤーに使用する意味がぶっちゃけそんなありませんし……。まあ進化時に勝手に覚えたものなので、SP使ってないから損しているわけでないため、良いのですが……。

さて、次は装備ですね。

……あれ？　レイピア……私のレイピア……。

［装備・武器］　守護のアサメイ　レア：Go　品質：S＋　耐久：―

神々に封印されていた力が解放され、より持ち主に最適化された。

儀式用短剣とも言われる魔法触媒。神が創られたため、素材は謎。

持つと本体を触媒に光刃を発生させるため、持ち主の所持スキルによって形を変える。

精神依存の物理ダメージを与え、知力依存の魔法ダメージを与える。

【魔力解放《リベルタ》】：オーブを消費して次の攻撃に追加ダメージを与える。

【属性収束循環機構】：自身の持っている魔法属性の光剣を発生させる。

《鑑定　Lv10》

ATK：△　MATK：△

DEF：△　MDEF：△

攻撃タイプ：刺突　斬撃

適用スキル：《細剣》《宛転流王女宮護身術》《高等魔法技能》

《鑑定　Ｌｖ20》
《宛転流王女宮護身術》：有効時、武器防御と武器逸らしに補正。
《高等魔法技能》：伸縮自在。
反撃時威力上昇：中
武器防御時効果上昇：中
武器防御時衝撃吸収：中
武器逸らし効果上昇：中
クリティカル発生補正：中
クリティカルダメージ補正：中
魔法攻撃力上昇：中
詠唱速度上昇：中
防御スキルのアーツ再使用時間減少：中
《鑑定　Ｌｖ30》
持ち主が神の加護を得るたびに更なる力を解放し、最適化される。

今までのレイピアのガードやナックルガードが外され、一体型の短剣みたいになっていますね。

更に魔法アイテムみたいに文字を刻まれ、装飾が豪華になった元レイピアを持ってみます。

持って魔力を流すと光を纏い、にゅいんと刀身やガード、ナックルガードが光によって生成されました。刀身は今までのレイピアと同じ長さですね。光剣の色が黒いのは、私自身の死属性でしょうか。んー……まあかっこいいからヨシ！

【遮光機構《アンソール》】などが消えていますが、光が弱点ではなくなりましたからね。【螺旋魔導増幅炉《スパイラルマギアンプ》】はむしろ、これがレベルアップした結果光剣になり、属性を持った刀身に？

ちなみにアサメイ本体は30センチあるか……ぐらいですね。私これ知ってますよ。ライトセーバーやビームサーベルと呼ばれる系統の物ですね。さすがに本体は筒ではないようですが、こちらは魔力が動力なのでアサメイですか。

運営にファンがいるなー？　私もくるくる回した方が良いでしょうか？　バントするよりフルスイングの方が、威力が上がるのは検証済みです。つまり、回して弾《はじ》くのは合理的？　難易度高いってレベルではないですけど。練習……ふむ。

まあ、まずは残りの装備です。

見た感じ守護シリーズに名前が変わって……補正が全て極小から中になっていますね。

［装備・装飾］　守護の指輪　レア：Ｇｏ　品質：Ｓ＋　耐久：――

神々に封印されていた力が解放され、より持ち主に最適化された。

主の余剰魔力を集め、クリアオーブを生成する。

《鑑定　Ｌｖ10》

ＤＥＦ：△　ＭＤＥＦ：△

《鑑定　Lv20》
指輪のアクセサリー枠を追加で使用することで、主に代わり瞑想《めいそう》状態となる。
常に瞑想《メディテーション》使用時の効果を持ち、デメリットを無視する。
《鑑定　Lv30》
持ち主が神の加護を得るたびに更なる力を解放し、最適化される。

［装備・収納］　守護のベルトポーチ　レア：Go　品質：S＋　耐久：―
神々に封印されていた力が解放され、より持ち主に最適化された。
剣帯とウエストポーチがセットになっている。
《鑑定　Lv10》
DEF：△　MDEF：△
《鑑定　Lv20》
収納拡張：中（20）
保持可能数：4
保持容量：中
《鑑定　Lv30》
持ち主が神の加護を得るたびに更なる力を解放し、最適化される。

データが多少違うのがこれでしょうか？

盾と同じ判定だった指輪が完全にアクセになり、指輪枠2つ消費します。

ポーチは収納拡張が10から20に増え、ベルトに吊《つ》るせる数が2個から4個になっていました。

後は……ちゃっかりレア度がＧｏ……エクストラからゴッズに変わってますね。恐らく祝福を貰《もら》えたからでしょう。

そして肝心のドレスですが、デザインが変わっています。それに合わせて他の部位も変わっていますが、ステータスに関しては他と同じ強化具合ですね。

まず守護のアシンメトリードレス。左肩のワンショルダーで、スカートは布を重ねたティアードスカート。形状はフィッシュテールの亜種って感じの、右側が短く左側が長いタイプですね。右手で武器を振るうのに、邪魔にならないようにでしょう。

頭が守護のミニクラウン。頭の左側にちょこんと乗っています。

腕はそのままで、靴が守護のニーハイブーツ。膝上辺りまでの長い物ですね。スカートが右側だけ短いので、ちらっと素足が見えるでしょう。

色は黒が主体になり、白と紫がアクセントとして使用されています。高貴な色と言えば紫。定番ですね。

どうせなら髪型も変えましょうか。イメチェンイメチェン。キャラクリ画面へ行きましょう。

髪色などは変える予定がないので、プレミアの必要はないですかね？　んー……ああ、ゲーム特有の形が崩れない不思議なリボンなどのオプションは、プレミアでしたね。まあ、そこは使うの決めてからで良いでしょう。

前髪は目ぐらいで無造作のパーツにしましょう。もみあげは肩……いや、もっと長くして後ろに流しましょうか。長さはお尻ぐらいで。髪の質であるしっとりツヤツヤオプションはそのままで良いでしょう。ん、ハーフアップのオプションがありますね。もみあげの上の方を編み込んで、後ろに持っていき縛りましょう。これの長さも後ろ髪と同じぐらいの長さで良いか。

編み込みハーフアップのオプションパーツがプレミアですね……。致し方なし。少し高いプレミアを購入して完了。購入して使っていたリボン達は……インベではなく、ハウジング倉庫にしまっておきましょうか。

とりあえず確認はこのぐらいにして、隣の部屋に戻りましょう。宰相が待っているでしょうから。

「お待たせしました」

「ほう、お似合いですぞ。では今度はあちらを確認してくだされ」

宰相の言う方には棚が置かれていますね。硝子《ガラス》の扉が付いた何の変哲もない収納だと思いますが。

とりあえず、確認しろと言われたので近寄ってみます。

……何でこんな物がさも当然のようにこんなところにあるんですかね？

片方は白い大きめの鍵……そう、まるで銀でできているかのような。

もう片方はかなり年季の入った……古い本です。

「資格のない者には持つことすらできません。是非ご確認を」

……あれがこれを持っていなかったということは、資格なしですか。
装備としては絶対に強いのでとても欲しいのですが、元ネタを知っているせいで普通に躊躇《ためら》いますね。しかし、ここで躊躇い誰かに取られるとかありえませんので、結局取る。……持てれてれー。アナスタシアはヤバイ鍵とヤバイ本を手に入れた。
もう何も怖くない。

〈特定の条件を満たしたため、『称号：銀の鍵の所有者』を取得しました〉
〈特定の条件を満たしたため、『称号：エイボンの書の所有者』を取得しました〉

称号の取得ですか。特定の条件はどう考えても手に入れたことでしょう。

銀の鍵の所有者
時空の門を開く力を持つとされる銀の鍵に、所有者と認められた。
空間や次元に関する様々な恩恵を受けられることだろう。
銀の鍵、装備可能。
［装備・装飾］　銀の鍵　レア：Go　品質：S＋　耐久：—
豪華な装飾の施された、12・7センチほどもある大きな銀の鍵。
次元の門を開く力を持ち、持ち主に空間系に関する恩恵を与える。

《鑑定　Ｌｖ10》
ＭＡＴＫ：△　ＭＤＥＦ：△
《鑑定　Ｌｖ20》
空間系魔法強化：極大
空間系魔法消費ＭＰ減少：極大
空間認識能力強化：極大
平衡感覚強化：極大
転移ポータルの使用コスト無効。
安全エリア内での転移門生成。
《鑑定　Ｌｖ30》
この鍵でないと開けられない門が存在するらしい。
さて、その奥はどうなっているだろう？

エイボンの書の所有者
禁断の知識が込められた超古代の魔導書に、所有者と認められた。
魔法に関する様々な恩恵を受けられるだろう。
エイボンの書、装備可能。
［装備・武器］　エイボンの書　レア：Ｇｏ　品質：Ｓ＋　耐久：―

禁断の知識が込められた、超古代の魔導書。
象牙の書……とも言われるらしい。
所有者に魔法の深淵《しんえん》を覗《のぞ》かせる。
《鑑定　Lv10》
MATK：△　MDEF：△
適用スキル：《本》《高等魔法技能》
《鑑定　Lv20》
知力上昇：極大
精神上昇：極大
詠唱短縮：大
消費MP減少：大
錬金術品質上昇：大
《鑑定　Lv30》
超古代の魔導書だけあって、書かれている文字はかなり古い。
さて、読めるだろうか？

つよい。こういうのはもう、MMOお約束『早い者勝ち』。MMOとはリソースの食い合いですからね。遠慮なく貰っていきます。

鍵はまあ良いのですが、本が最高に不気味ですね……。恐る恐るちら見すると……そこにはなんと……！　読めませんわ。超古代の魔導書が読めるわけがない。うん。《言語学》系統のスキル不足でしょうね。

開いて宰相に見せても、中は見えないようで。宰相が紙に文字を書いていくので、本を見て同じものを指します。

「あー……なるほど。これは無理でしょうな。《古代神語学》ですか。サイアー、《言語学》はお持ちですかな？」

「《魔法言語学》にはしましたが、そこで止まっていますね」

「なるほど。そこから先は教わらないと、独学ではいつ上げられるか分かったものではありません。教えますぞ？」

「それは助かります」

暇な時に教えてくれるようなので、是非とも教えてもらいましょう。

「どうせなら剣も教えてもらいましょうか……」

「ふむ……今、型はありますかな？」

「《宛転流王女宮護身術》というものですね」

「ほほう？　あれですか。ではサイアー自身のスタイルは？」

「基本的には魔法攻撃。敵の攻撃はパリィと反射でしょうか。無理なものは防御」

「では剣に求めるのは防御の型。特にパリィと反射方面ですな？」

「ええ、できれば反射の方を極めてみたいですね」

「ふむ。ではそちらもやりたい時に言ってくだされ。グラーニンに伝えておきますぞ」

なんか修行できそうですね。是非とも教えてもらいましょう。スキルにも発展するかもしれませんし。

装備などの検証は後に回して……そうでした。

「ところで、ファミリーネームなどはあった方が良いのでしょうか？」

「サイアーは地上に行きますな？」

「ええ。レベルも上げたいですし」

「そうなると必要かと。面倒事がかなり避けられるはずですからな。変わってなければ」

「変わってなければ？」

「長らく地上の情報が入りませんでしたからなぁ……」

「なるほど。家名とかはあるのですか？　自分で考えた方が良いでしょうか」

「付けてもらっても構いませんし、特にないならネメセイアを名乗ると良いでしょう。ミドルはお好きに」

幽世の王家、ネメセイア。大変有名らしいですが、今の現世《うつしよ》ではどうか分からないそうですね。意味は『死んだんだから地上なんか忘れて祭りしようぜ！』らしいです。……軽いですね。まあ管理側としては、いつまでも引き摺《ず》られても困るんでしょうけど。

検索、ヒットするでしょうか。…………リアルにも一応あるっぽいですね。ネメシスの祭り……

ネメセイア。元ネタはこれですか。『十分な祭祀《さいし》を受けなかった死者《ネメシス》の恨みが、生者に対して向かわぬよう、執り成しを乞うことを主な目的とした』のが、地上で行われていた祭りの意味。となると、こちらで行う祭りはまあ……宰相の言ったような感じになりますか。

ネメシスは義憤の神格化ですね。死者はちゃんと見送れってことでしょうか。


まあ、それは置いといて名前です。ミドルは何にしましょう。ネメシスの親は夜の神格化、ニュクス。ニュクス関係で良さそうなのありますかねー……ん？　仮にもこっちではステルーラ様の信仰だと思いますが、別の神の名を使うのはどうなんでしょう。……まあ、良いか。

ふぅむ……。運命の三女神、モイライ。３柱の中で糸を断ち切る役目を持ち、不可避のものという意味を持つアトロポス。糸を紡ぎ、長さを計り、そして断ち切る。その1本が人の寿命である。

んー……死を意味するモロス、タナトス、ケールでは少々……ミドルにする場合響きが悪いですか？　しかも直接的過ぎますかね……。

アナスタシア・アトロポス・ネメセイアで良いですかね。

この名前、対住人用な気がするので、プレイヤーには今まで通りアナスタシアでいいでしょう。どうせ呼ばれる時は姫様でしょうからね！

宰相に確認しても大丈夫そうな感じなので、設定してしまいましょう。

……名前の設定はした。スキルの確認も装備の確認もした。となると次は……ついにハウジングでしょうか。

ノックされたので、許可を出します。

「失礼致します」

「どうしました？」

「不死者２人が試練を突破したと」

「ほう？」

「デュラハンとリッチですか？」

「そう聞いています」

「私と共に冥府を目指した者でしょう。んー……ではやりたいことがあるので、謁見の間へ通してください」

「ではそのように」

フレンドリストを確認すると２人共現在位置が冥府になっているので、来るでしょうね。

ではネタをするため謁見の間へ移動しましょうか。宰相も付き合ってくれるそうですよ。ノリがいいですね。

あ、リーナから通話だ。やっぱり来ましたか。

『お姉つぁーん』

「お姉ちゃん今忙しいの」

『うん、分かるけど情報が欲しいの。場所的にお姉ちゃんでしょ？』

「んー……簡単に言うと、種族的なお家に帰ったら、王家だからお城を貰った？」

『そこって誰でも行けそう？』

「いや、不死者用のイベントエリアだね。ただ、死んだ場合に冥府を経由するようになったっぽい。まあ、もう少し落ち着いたら掲示板に情報出すよ。把握しきれてないから情報の出しようがない」

『分かったー』

通話を切って玉座にステンバーイ……。


しばらくして２人が入ってきました。


「「ん⁉」」

「ようこそ、我が居城へ！」

「「姫様がガチ姫様になってる……」」

「これが言いたかっただけです。アルフさんは先に進化でしょうか。宰相、お祈りですか？」

「ですな。２人共行った方が良いでしょう」

「では案内してもらってください。話すのはその後ですね」

やりたかったことが済んだので、部屋を移動してお仕事メニューやハウジングメニューを見ながら、分からないところは宰相に確認していきます。

冥府と奈落を含めた幽世が範囲内ですが、ぶっちゃけ弄れるところはそんなありません。まあ、当たり前ですね。１プレイヤーにそこまで弄らせるわけがなく。

　というかですね、この城ほとんど機能してないんですよ。理由は実に簡単ですが。だって、そもそも必要ないのですから。食事と睡眠が不要な者達しかここにはいません。畑もなければキッチンもなく、当然寝室なんかもありません。一応王家に何部屋か用意されているだけですね。そしてこんなところに客人も来ないため、客室なんかも使っていません。根本的に人間達とは違うのです。

　王家が空気だったため城の変更なども行われず、侍女や騎士達もフリをしている状態だったわけですね。お世話する主人があれでしたから、モチベーションが壊滅していたのでしょう。


　確認をしていたら2人が帰ってきました。2人を交えて更に踏み込みましょうか。

　結局私が弄れる部分は……城の拡張整備。異人達の死に戻り場所の拡張整備。それと町の拡張整備と、奈落などにある各施設の拡張整備ですね。

　で、ここで重要なのが……他のプレイヤーと同じハウジングシステムは、離宮のみ。他の場所は全て種族的なお仕事ですねこれ。王家として、町や各施設の拡張と整備をして、部下達が働く環境などを整えろと。

　ゲーム的な処理として……そのための資金は冥府の場合、異人達のデスペナ募金で行う。当然このデスペナ募金はお仕事にしか使えない。つまり、ぶっちゃけ私個人に恩恵はない。むしろ管理が面倒なだけですねこれ。まあ、ＲＰ要素なのでしょう。

　幽世の拡張した部分は……そこに入れる者なら使用が可能なので、私以外のプレイヤーはむしろ恩恵しかないですね。

プライベートエリアという名の、離宮が私のマイハウスです。こちらが完全にハウジングシステム。つまりこちらは全て自腹。

ただでお城が手に入ったというより、お屋敷と土地、更に侍女が手に入ったと思った方が正しいですかね？　代償は幽世の管理というお仕事……。

結論として、プライベートエリアが普通のハウジング。他はRP用お仕事シミュレーションゲームと思って良さそうです。

「つまり……城は不死者という『種』の、簡易ギルドハウスが近いですね？」

「そうっぽいね。ぶっちゃけ収納がただで使えるだけかな？」

「しかも試練を突破できた人達のみの……だねー」

「2人は試練受けたのですね？」

「「うん」」

「私は試練が素通りで、さっき残念王子を奈落に突き落としてクーデターしました」

「試練素通りで種族クエストかー。こっちは多少免除されたけど受けたよー」

「王族だからねぇ……。こっちも多少免除されたな」

2人共エクストラですし、多少恩恵はあったんですかね。

まあ、2人には好きな部屋使ってもらいましょうかね。先駆者の特権ですね。いい部屋が取れる。私は離宮があるので、いりません。というか、玉座のある謁見の間が、実質私専用です。

「さ、とりあえず進化するかな」

アルフさんが進化を始めました。

スケさんは30でリッチになったので、まだ先ですね。

「さて、宰相。まず私は何からすべきでしょう？　最高位裁定者とは何を？」

「そうですなぁ……。まず、もっと強くなってくだされ。裁定者としては何もしないで構いませんな。下の者達がやるので。強いて言うなら、ちょくちょく顔を出す……ですかのぅ……。ああ、地上の情報も頂ければ」

地上に出て強くなってこい。ちょくちょく帰ってきて他の者達に顔を見せろ。合間などで地上の情報くれ、と言ったところでしょうか。

顔を見せるのが王の仕事。裁定者の仕事は、下の裁定者達がやってるから問題ない。つまり、狩りの合間などに帰ってこいと。後は言語や剣術修行など、勉強中の合間に世間話してくれれば、それで地上の情報が得られるわけですね。

「立場にあった言動をする必要はあるが、行動自体は縛らないと」

「そういうことになりますな。困ったことがあれば言ってくだされ。相談は勿論《もちろん》、総動員で解決しますぞ。奴らも張り切るでしょう」

ちらっとスケさんの方見ましたが、目が合いましたね。こいつら動いたらヤバいで状態ですよね。ぶっちゃけ最低でも私達の倍。最高なんか100レベですし。

「私欲で動かすのはやめましょう。ステルーラ様にも怒られそうですし」

「まあ、怒るでしょうな。お気を付けなされよ。祝福は反転すると呪いとなりますぞ。下手したら外なるものが動きますからな」

……祝福は反転すると呪いとなる……ですか。しれっと重要な情報を出しますよね。

「ステルーラ様は堅実、誠実と言った者達が好きですからなぁ……」

ステルーラ様の元ネタが恐らく、ヨグ＝ソトースと考えると……ちょっと面白いですね。堅実、誠実な人が好きなヨグ様。邪神とは。

「自分の利のためだけに嘘《うそ》はつかないこと。濁したり、相手のためになる……所謂《いわゆる》優しい嘘はセーフですな。《幽明眼》で不死者達を見ましたかな？　彼らは総じて白い。でないと不死者になりえない。黒い奴らにここは任せられないからでしょうな。異人達は少々ルールが別のようですが」

「なるほど……」

条件を知れたのは嬉《うれ》しいですね。とは言え変に意識すると面倒なので、普段通りさせてもらいますけど。

アルフさんが艶消しで、より黒くなって光から出てきました。ネザーデュラハンになったそうです。《高位不死者》の仲間入り。つまりタンクのアルフさんに《闇のオーラ》が生えたわけで……。

「んんー……これは実に良いスキルだ」

「ところで姫様、レイピアはー？」

「ああ、かっこ良くなりましたよ。見てくださいこれ」

アサメイを持って意識すると、にゅいんと黒い光でレイピアになります。

「まさかの光剣」

「何それかっこいいー！　そんなのまであるのかー！」

「ほほう？　アサメイですか。また珍しい魔法触媒を。見せてもらえますかな？」

渡すことはできないので、近くで宰相へ見せます。

「ふむふむ……。さすがゴッズですな。実に良いものです。それを前提とした剣術を教えるよう言っておきましょう」

「お願いしますね」

「あれ、ゴッズになったのー？」

「クエストでステルーラ様の祝福を貰い、進化したら変わったんですよ」

「ははぁーん……」

さて、装備をしましょうか。それに伴い配置を少し弄りましょう。ポーチとベルトが元々セットなので、吊るせる個数にポーチはカウント外ですね。

左に吊るしていたレイピアが、アサメイになったので右側に移動。アサメイの隣に銀の鍵を吊るしましょう。ポーチや解体ナイフも右側へ移動ですね。元レイピアの位置にエイボンの書を吊るします。

おや、銀の鍵装備で重力の強さと向き、更に地面に対しての私の姿勢が分かるようになりましたね。私の動きに合わせて簡易化された私が動くと。

私だけではなく、障害物なども表示されるのですか。今座っているソファーの形をした枠組みが表示されていますし……慣れれば便利なのは間違いありませんね。

最大の問題は範囲が狭いことと、色や質までは分からないこと？　というかそこまでいったら、目を瞑《つぶ》ってこっちに集中した方が良いですね。３６０度どんな形の物がどこにあるか分かりますから。

例えるなら……私と同じ動きをする簡易化された私が、３Ｄマップ上にいると言うべきでしょうか。自分周辺のみですが、それが頭に浮かぶのでとても便利ですね。

〈特定の条件を満たしたため、《空間認識能力拡張》が解放されました〉

「ん……なんかスキルが解放されましたね……」

《空間認識能力拡張》
《看破》系や《感知》系に補正を加え、偏差予測や魔法範囲予測などにも補正を加える。

「おぉ……ＳＰ16⁉」
「お？　レアスキルじゃない？　俺のも16だったよ」
「確かに、レアスキルらしいですね。むぅ……取りますか」
《看破》系や《感知》系の強化は、受け流しや反射には必須レベルですからね。これらで先読みして行うからこその成功率です。

３Ｄマップの範囲が少し広がりましたか？　ということは……勝手に上がりそうなスキルですね。楽で良いことです。

「補助スキルですね。さて、色々検証もしなければなりませんが……お昼ですか」

「んだねー。一旦休憩かなー」

「そうするかねぇ。午後は自由行動？」

「で、良いのではないでしょうか」

時間が丁度いいですし、お昼休憩しましょうか……。

宰相と別れ、離宮に戻ってログアウト。

■公式掲示板5

【攻略……】総合攻略スレ　76【それは……】
1. 通りすがりの攻略者
ここは総合攻略スレです。
攻略に関する事を書き込みましょう。
前スレ：http://＊＊＊＊＊＊＊＊
>>980 次スレお願いします。

515. 通りすがりの攻略者
さて……イベントが終わってしまいましたが、レベルが上がったので行きますか。
516. 通りすがりの攻略者
再開だな！
517. 通りすがりの攻略者
目指せ第4エリアかー。

518. 通りすがりの攻略者
　おうよ。
519. 通りすがりの攻略者
　レベル上がったし南に再チャレンジしてみたいもんだな。
520. 通りすがりの攻略者
　南なー。あっちも気になるからなぁ。
521. 通りすがりの攻略者
　ふと思ったが、この世界の一般的なレベル帯ってどうなってんだ？
522. 通りすがりの攻略者
　ああ、それな。組合で聞けたぞ。
523. 通りすがりの攻略者
　あ、まじで？　どのぐらいなん？
524. 通りすがりの攻略者
　戦いを生業にする者は大体40前後とか言ってたかな。
525. 通りすがりの攻略者
　40かー……。
526. 通りすがりの攻略者
　騎士達が40だな。近衛が50とからしい。

冒険者だとF10から10毎に1ランク上がるっぽい？
527. 通りすがりの攻略者
つーと……Cで40か？
528. 通りすがりの攻略者
んだな。それぐらいないと護衛とかやってられんそうだ。
529. 通りすがりの攻略者
組合的にはCが一人前だっけか。
530. 通りすがりの攻略者
ベテランは50とか60レベ。Sは70か……英雄クラスやろな……。
531. 通りすがりの攻略者
俺らまだ新人！
532. 通りすがりの攻略者
Dランク行った奴おる？
533. 通りすがりの攻略者
狩り行く度討伐クエとか受けてる一陣トップ層はD行ってるで。
534. 通りすがりの攻略者
まじか。あー、俺あんま受けてねぇなぁ……。
535. 通りすがりの攻略者

後は微妙な素材は納品な。組合使わんと組合のランクは上がらんぞ。

536. 通りすがりの攻略者
ひょ？

537. 通りすがりの攻略者
はい？

538. 通りすがりの攻略者
幽世ってどこだうんえええええええええい！

539. 運営
うおおおおおおおお！　ヒャッハー！　凄いぞ！　予想より遥《はる》かに早い！

540. 通りすがりの攻略者
おい、どうした運営。

541. 通りすがりの攻略者
おいどうした。

542. 運営
大変見苦しいものをお見せ致しました。幽世担当者が荒ぶっただけなので気にしないで下さい。

543. 通りすがりの攻略者
いや気になるがな。

544. 通りすがりの攻略者

お？　デスペナがなんか下がったっぽい。
545. 通りすがりの攻略者
デスペナっつーと、あれか？
546. 通りすがりの攻略者
デスペナ回りってことは、ちょっと死んでくるわ。
547. 通りすがりの攻略者
お、おう。よろしくな。
548. 通りすがりの攻略者
幽世って死後の世界の事だっけか？　という事はだな……。
549. 通りすがりの攻略者
お？　３人ほど頭に浮かんだなー？
550. 通りすがりの攻略者
何だ姫様か。
551. 通りすがりの攻略者
なんださす姫か。
552. 通りすがりの攻略者
じゃあそのうち情報くるな。
553. 通りすがりの攻略者

なんか死んだらセーブ場所の広場じゃなくてあの世来た、ちびりそう。
554. 通りすがりの攻略者
ピッチャーチビッてるー！
555. 通りすがりの攻略者
あれどストレートな煽《あお》りだよな。
556. 通りすがりの攻略者
野球は良いんだよ！
557. 通りすがりの攻略者
ふぅーむ？　確かにあの世っぽい。なんか列できてるけど、見えない壁で近づけん。
558. 通りすがりの攻略者
一定範囲しか動けないっぽいな。行けるのは……眼の前にあったあのぼろ小屋か。
559. 通りすがりの攻略者
あれ行くのー？　不気味なんですけどぉ？
560. 通りすがりの攻略者
他に行けるところ無かろうよ？　この川触れられるけど入れないのか。
561. 通りすがりの攻略者
まあそうなんだけど……。
562. 通りすがりの攻略者

なんか賽銭箱《さいせんばこ》あるの草。
563. 通りすがりの攻略者
むしろ賽銭箱しか無いじゃん。
564. 通りすがりの攻略者
賽銭箱に触れたら所持金3割取られて広場に帰ってきました。
565. 通りすがりの攻略者
冥府募金で草。
566. 通りすがりの攻略者
という事はあそこが冥府なわけで、ガチ地獄のフィールドでしたね。
あの列は死んだ住人の列か……？
567. セシル
フレンドリスト見る限り、姫様っぽいかな？　アルフさんとスケさんは違いそう？
568. 通りすがりの攻略者
あれか、不死者組が冥府帰れたってことか。
569. 通りすがりの攻略者
あー、そんな情報あったなー！
570. アキリーナ
お姉ちゃんだったけど、お姉ちゃんもまだ把握しきれてないから情報待ってだって。

571. 通りすがりの攻略者
うんうん。公開する情報としない情報も分けないとだからね！
私達の影響はデスペナ時の影響が減った？

572. 通りすがりの攻略者
そういや金どうなの？　死んだ時に減って冥府でも取られんの？

573. 通りすがりの攻略者
いや、死んだ時取られず賽銭箱に3割食われた。

574. 通りすがりの攻略者
じゃあ完全にデスペナの金が軽減されたのか。

575. 通りすがりの攻略者
所持金の3割強制的に持ってく賽銭箱って、リアルで考えるとこえーな。

576. 通りすがりの攻略者
募金（強制）。募金とは。

577. 通りすがりの攻略者
復活税ですね……分かります……。

578. 通りすがりの攻略者
つまり……お金が手に入るのか！　ずるいぞ！

579. 通りすがりの攻略者

あー？　そこんところどうなんだろうか。運営？
580. 運営
えーっと幽世のシステムは……なるほど。プレイヤー個人には入りませんね。
581. 通りすがりの攻略者
じゃあいいや。

821. アナスタシア・アトロポス・ネメセイア
幽世の情報の整理が終わりました。長くなりそうですが、今から公開します。
822. 通りすがりの攻略者
姫様きたー！　……名前？
823. 通りすがりの攻略者
ミドルにファミリーだと⁉
824. 通りすがりの攻略者
へー！　よろしく！
825. アナスタシア・アトロポス・ネメセイア
まず幽世と言った場合、冥府と奈落の２つを指します。

名前はとあるクエストをクリアしたら正式に王家となったため、ミドルとファミリーの設定が可能になりました。

設定的には幽世が私の管理下に入りましたが、種族としてのお仕事であり、拡張したら他の不死者達も使えるようになります。そのプレイヤーが行ける場所なら……ですけど。この幽世の拡張は、プレイヤー達のデスペナから支払われる。

ちなみに、冥府への入り口は不死者にしか見えません。種族専用イベントフィールドかと。他の方達は死ぬと冥府に来るようなので、それぐらいですね。なお、来れても移動制限ありな模様。

ゴブリンキングでゴブリンの村とかできそうですね。支配級ならジェネラル？　妖精や天使、悪魔も国などが存在するならワンチャン？　組織だって動ける種族なら可能性がありそうですね。

ダンジョンクリエイトをして自分がボスに……とか夢ありますね。できるかなど知りませんが。

ここから同業者へのメッセージです。

マップにある２－２、旧大神殿エリアと私は言っていますが、そこに入り口がありますので、同業者の方は早めに目指してください。進化ルートが追加されます。別のルートを探す人はそれはそれで頑張ってください。

そして冥府で不死者達を見た感じ、不死者は完全に大器晩成型です。冥府や奈落を見れば自分の進化先がある程度分かります。夢膨らみますね。重要ポストにいるメンツを除けば、あいつらあれで通常進化っぽい……。同業者の皆さん、頑張りましょう。

冥府で家を持てるかは、スケさんとアルフさんが調査中です。

以上！

826．通りすがりの攻略者

なげぇ！　おつ！

827. 運営
>>825 これに嘘《うそ》はないとお伝えしましょう。

828. 通りすがりの攻略者
運営お墨付きだ！

829. セシル
姫様、名前についてはなんか影響ありそう？

830. アナスタシア・アトロポス・ネメセイア
今のところ謎ですが、宰相が『地上での面倒事を回避できる』とか言ってましたね。
もしかしたら、貴族や教会関係のクエストが解禁されるかも？

831. セシル
あー、なるほどね……。ゲーマーとしては興味あるけど、面倒そうだな……。

832. 通りすがりの攻略者
冒険者でもC以上になりゃ、貴族と関わる事がある……とか言ってたな。

833. アナスタシア・アトロポス・ネメセイア
私の場合は王家や教会が多そうですかね……。

834. 通りすがりの攻略者
冒険者は護衛とか採取依頼だろうから、貴族だろうな。

835. 通りすがりの攻略者
おいずりぃぞ！　課金でも用意しろ！

836. 通りすがりの攻略者
お、香ばしい奴が湧いたぞ！

837. 通りすがりの攻略者
香ばしいな。ゲーム間違えてんじゃねぇの？　ソシャゲでもしてろ。

838. 通りすがりの攻略者
スレチどころかゲーム違いは草。

839. 運営
プレイヤーは時間という取り返しのつかないリソースを使っているのです。また稼げばいいお金で追いつかれたらキレるでしょう？　少なくとも私はキレる。

840. えらいひと
私も殴り倒す自信がありますね。一緒にはっ倒しましょう。

841. 通りすがりの攻略者
なんで運営同士がここで話してんだ……社内でし……まあいいか。

842. 通りすがりの攻略者
内容が運営ってかユーザー側なんだよなぁ……。

843. 通りすがりの攻略者

気になると言えば運営費は大丈夫なのか？　少しずつお布施してるけど……。
844. えらいひと
ええ、大丈夫ですよ。ガチャではなくクラウドファンディングですからね。

むしろこっちがそんな入れて大丈夫か？　ってなる場合もありますが、ありがたく給料と開発費用に回しますよ。
845. 通りすがりの攻略者
おう、有効に使ってくれ。
846. 通りすがりの攻略者
金が入るんだから良いじゃねぇか！　時間ねぇ奴だっているだろうよ！
847. 運営
課金は悪ではありませんが、何に課金できるかを決めるのはこちらです。貴方ではない。そもそもPAY TO WINはクソゲーの代名詞じゃないですか……。地獄の始まりぞ……。
848. えらいひと
根本的にMMOというゲームジャンルに向いていませんね。『やってない』のだから『やってる』人に追いつけないのが当たり前です。ゲームはPLAY TO WINでないといけないのです。

ちなみに『金払ってんだぞ！』って言い分は無駄です。そもそもこのゲームは買わないとできないのですから。
849. 運営

まあ、運営としても姫様の種族は予想外だったんですけどね。まさかあれが一番最初に見つかって、しかもエクストラ種族の情報まで普通に公開されるとは……。

850. えらいひと
人外の人達は盛り上がっているので、それ自体はまあ良いでしょう。

課金でなんでもかんでもできるようにしたら寿命が縮むだけですし、もはやゲームではないでしょう。MMOとはいかに作業を楽しんでさせ、達成感を味わわせるか。課金でハイ終了なんてさせるわけがない。

851. 通りすがりの攻略者
客は神様だろが！

852. 運営
おお、神よ。何をして地上に落とされたのです？

853. 通りすがりの攻略者
草。

854. えらいひと
神にも邪神や疫病神と言った、人にとってありがたくない神がいますからね。と言うかいつの時代の人ですか？　まあいいや。いい加減個別でおはなし、しましょうか。

855. 通りすがりの攻略者
じゃあの。

856. 通りすがりの攻略者
　達者でな。
857. えらいひと
　さて、他の人が対応するので任せるとして。空気が悪くなってしまったのでそうですね…………

近い内にロールプレイヤー用にぷちアプデをします。
858. モヒカン
　ヒャハハハ！　詳しく！
859. 通りすがりの攻略者
　出たなモヒカン！
860. えらいひと
　あなたにはあまり……ですかね？
861. モヒカン
　そいつぁ残念だぁ！
862. 通りすがりの攻略者
　モヒカンえらいひとに認知されてるの草。
863. えらいひと
　あんな濃いキャラ見てないわけないじゃないですかハハハハハ。
864. 通りすがりの攻略者

ですよねぇ……。

865. えらいひと

どちらかと言うと厨二《ちゅうに》ロール向けですね。今まで魔法など発動キーが魔法名でしたが、キーワードを設定する事で魔法名が不要になります！

866. モヒカン

汚物は消毒だぁ！　で灼熱《しゃくねつ》が使えるなぁ？

867. えらいひと

ああ、まあ……それで問題ありませんね。

868. 通りすがりの攻略者

世紀末率アップ。ところで魔法以外の近接アーツは？

869. えらいひと

勿論《もちろん》近接アーツも可能です。是非必殺技を叫んで下さい。使うアーツや魔法を意識しつつ設定したキーワードです。

870. アナスタシア・アトロポス・ネメセイア

ふむ……私も考えましょうかね？

871. アキリーナ

女王様プレイ！

872. アナスタシア・アトロポス・ネメセイア

それはエリーに任せますよ。
873. えらいひと
ちなみに気の迷いで設定してしまっても、魔法名での発動も可能ですから。ソロだと良いけどPTはちょっと……って人も安心して下さい。
874. 通りすがりの攻略者
嬉《うれ》しいような嬉しくないような気の回し方を！
875. えらいひと
ちなみにポージングは自分で頑張って下さい。事前に動きを保存しておいて、設定することで再生する……も考えてなくもありませんが、次のぷちアプデではありません。
876. 通りすがりの攻略者
残念！　何回か撮った中で最高の動きを保存して、いつでもそれをはできないかー。
877. えらいひと
今後にご期待下さい。運営はニヤニヤしながら見させていただきますので。
878. 通りすがりの攻略者
趣味悪くて草。
879. えらいひと
ゲームを楽しんで貰《もら》えているか確認しているだけですとも！

ちなみに家自体を課金で買えるようにする予定は今のところありません。家具はちょいちょい追加したりします。
880.アナスタシア・アトロポス・ネメセイア
今の流れなら聞ける！　所持金0で死んだ場合どうなるか、書いて無いんですけど？
881.えらいひと
それは今まで通り現在経験値が減りますよ？
882.通りすがりの攻略者
へ？
883.通りすがりの攻略者
は？
884.えらいひと
あれ？　気づいてませんでした？　ほら、言うじゃないですか。死者にはお金を持たせるって。

あれがないと代償として現在経験値を現在レベルに応じて抜かれます。
885.通りすがりの攻略者
なんか減ってる気がしたの気のせいじゃなかった⁉
886.通りすがりの攻略者
全額預けるのダメじゃねぇか！
887.通りすがりの攻略者
じゃあ2円持って死ねば1円で済むな？

888. えらいひと
1円募金を繰り返す人は不死者に憐《あわ》れまれるのと、鼻で笑われるのどちらが良いですかね？
889. 通りすがりの攻略者
どっちもうぜぇ!?
890. えらいひと
ちなみに姫様の場合は管理者なので募金が不要ですが、『おぉ、サイアー……死んでしまうとは情けない』と言われます。
891. アナスタシア・アトロポス・ネメセイア
不敬！　不敬ですよ！
892. 通りすがりの攻略者
草。

【人外言えど】人外総合スレ　38【種族沢山】
1. 人外の冒険者
ここは人外種族に関する総合スレです。
人外種全般に関する事はここか、下のリンクから選ぶが良い！
前スレ：http://＊＊＊＊＊＊＊

人類総合：http://＊＊＊＊＊＊＊＊＊＊
人外総合：http://＊＊＊＊＊＊＊＊＊＊
人間：http://＊＊＊＊＊＊＊＊＊＊
獣人：http://＊＊＊＊＊＊＊＊＊＊
妖精（フェイ）：http://＊＊＊＊＊＊＊＊＊＊
亜人系：http://＊＊＊＊＊＊＊＊＊＊
粘液系：http://＊＊＊＊＊＊＊＊＊＊

...etc.

>>980 次スレよろしくぅ！

259. 人外の冒険者
ふぅむ……なるほどなぁ。

260. 人外の冒険者
突然どうした。

261. 人外の冒険者
ああ、攻略板見てみ。姫様から情報来てたで。

262. 人外の冒険者
お、来たのか。見てこよう。

263. 人外の冒険者
旧大神殿エリアねぇ……旧大神殿があるのか？
264. 人外の冒険者
あるからそう呼んでるんじゃね？　不死者は大器晩成型か……。
265. 人外の冒険者
まあ確かに、不死者系の後半は強いイメージがあるが。
266. 人外の冒険者
２－２ってどこだっけ？
267. 人類の冒険者
北東のアンデッドがいるレベル高いマップだなぁ。
268. 人外の冒険者
ああ、はいはい。あそこね。
269. 人外の冒険者
不死者あそこ行くのか。大変だな。
270. 人類の冒険者
……冥府行くなら死んだ方が早いんじゃね？
271. 人外の冒険者
あ、確かに？

272.人外の冒険者
　ダメでしたー。
273.人外の冒険者
　既に試したんかい。
274.人外の冒険者
　うん、他と同じで移動制限掛かってた。
275.アナスタシア・アトロポス・ネメセイア
　入り口から入って『試練』を突破しない限り部外者ですね。今のところステルーラ様の大神殿があった、2－2しか入り口は判明してません。
276.人外の冒険者
　姫様きた。
277.人類の冒険者
　ステルーラ様の大神殿があった場所だから旧大神殿エリアなのか。
278.人外の冒険者
　あのエリアは20後半でPT組んでいくのが正解かね……。
279.アナスタシア・アトロポス・ネメセイア
　いっそ不死者かき集めてレイドでもいいと思います。旧大神殿エリアの中央にある廃墟《はいきょ》に到達で、ソロクエストが発生。そこからが本番ですね。他の種族は分かりませんが、何かしらあると思うので頑張って下さい。では。
280. 人外の冒険者
さんきゅーひっめ！
281. 人類の冒険者
斬首。
282. 人外の冒険者
容赦ない即答で草。
283. 人外の冒険者
しかし王族、もしくは統率系か……。ＰＴリーダーぐらいしか持たんからなぁ。
284. 人外の冒険者
んだなぁ。つまり友達とかの固定ＰＴ持ってる人達ぐらいだからなー。

07　日曜日

ふむぅ……今日のお昼は洋にしましょう。

冷蔵庫にあるディスプレイに表示されている食材を見ながらお昼を決め、食材を取り出し料理を開始します。

「お姉ちゃん！　詳しく！」

「どのぐらい？」

「最初から」

「正気？」

「箇条書きで」

「ああ、うん。そうねぇ……」

要するに最初から要点だけ教えろと。経緯としては何だかんだ、結構長いと言えなくもないですね。
・図書館で本を読み、冥府の存在を知った。
・錬金術の師匠がお婆ちゃんなので、冥府の入り口を聞いてみたら教会の人を紹介されたので聞きに行った。
・紹介された教会の人が偉い人で、不死者しか見えないらしいから断言はできないけど、高確率でありそうな場所を教えてもらった。
・早速行ってみたらフルボッコにされたので、少し放置してレベル上げをすることに。
・イベントで上がったついでに、スケさんとアルフさんを連れてリベンジに行った。
・無事突破して旧大神殿に到着。入り口を見つけて行ってみたら、種族が王族だから試練ではなく別のクエストが開始。
・そのクエストを進めて玉座に座ったら、あのシステムメッセージ。
・とりあえず進化したかったので、冥府中央にあるステルーラ様の立像にお祈りをした。
・その後、試練から合流した2人と確認をして、今に至る。
「なるほど。じゃあスキルの確認はまだ？」

「装備とスキルの確認はご飯食べたらかな」

「装備も変わったの？」

「デザインが変わったよ」

「へー！　まだ現役で使えそう？」

「補正が強化されてたから使えるはず」

食事をしながら妹とゲームの話をしつつ、掲示板の方に情報を書いておきます。

「お、変なの湧いた」

「運営も大変ですね……」

「まあそれは良いや。お姉ちゃんお仕事ってことは、城はハウジングじゃないの？」

「違うよ。城や募金箱といった各施設を、アップグレードしていくタイプだから」

「ああ、はいはい。そのタイプね」

「まあ、離宮っていうハウジングエリアも貰《もら》ったんだけどね」

「なるほど離宮！　それ私も行けるの？」

「どうだろ？　まだハウジングアイテムに何があるのか詳しく見てないから……」

確認しないといけない部分ですね。呼べないとなるとハウジングとしては少々寂しいものがありますから。畑とかも作れるでしょうし……錬金素材でも栽培しますかね？　まあ、まずは確認しないと話になりませんか。

「しかし、家名なんかも決められるんだね！」

「決めたのはミドルだけで、家名は宰相に聞いた元々あったやつだよ」

「そうなの？　元から冥府にあった家名か……下手に口にしない方が良いかな？」

「むしろ地上の人達は知ってるのか気になるかな」

「じゃあ何人かの住人に聞いてみようか」

「よろしく。夕食の時でいいや」

「分かったー」

食事を終え掲示板を見つつ、少しのんびりしたり体を動かしてからログイン。

早速ハウジングメニューから設置できる物を確認すると、ステルーラ様のミニ立像なるポータルがありますね。これを設置することで立像からの転移が可能に。

立像50万ですかー。手持ちじゃなくて貯金から購入が可能なのは楽ですけど、すっからかんになりそうですね。

とりあえず必須なので購入しましょう。設置場所は……正面玄関の前に置いておきましょうか。これで私にもポータルが登録されると。そして復活地点もここにしましょう。家の開放条件をフレンドにしておけば、フレンドならポータルから我が家に来れますね。

他に優先度が高いのは……キッチンと錬金台、そして畑ですね。基本的にハウジングは生産寄りのシステムです。なんたって家ですから。

このタブは……課金ですか。生産スキルで作ることができると思うので、どうせならプリムラさんとダンテルさんに発注しましょう。

とりあえず急いで用意する物はミニ立像ぐらいですか。ハウジングとかエンドコンテンツも良いところですからね。他はのんびりやりましょう。当然のように１００万単位持ってくのはちょっと。

ふむ……いっそのこと、早速宰相にお勉強を頼みましょうかね……。エイボンの書が気になりますし。その気分転換に剣術を教えてもらうとかどうでしょう。中々良いのではないでしょうか？

しばらく交流を兼ねて冥府生活しましょうか。

そうと決まれば、突撃……隣の常夜城。メイドさんを捕まえて宰相の場所を聞きます。

「宰相、早速言語を教えてください。その息抜きに剣術を予定しています」

「おお、構いませんぞ。向上心があるのは良いことですな。若い若い。しかしサイアー。最初に言っておきますが、地上の者に教えてはなりませんよ」

「そうなのですか？」

「地上は地上の進み方……というものがありますからな」

まあ色々あるのでしょう。教えるのも面倒なので、黙っていることは別に問題ではありませんから良いでしょう。早速じっくりみっちり教えてもらいます。

リアルで15分ほどでしょうか？

《《魔法言語学》の理解度が10％に上昇しました》

と、静かにログに流れたのを視線の端で捉えました。思ったより早いですね……。

宰相と話しながら時間が経《た》つことリアルで2時間半。ゲーム内では10時間。

《《魔法言語学》の理解度が１００％に上昇しました》
《《魔法言語学》が成長上限に到達したので《魔術言語学》が解放されました》

「ん、《魔術言語学》が解放されました」

「さすがサイアー。理解が早くて何より。このまま《魔術言語学》もやりますかな？　ただし、こちらをやる場合ステルーラ様に誓ってもらいますぞ。口外はしないと」

「ステルーラ様にですか？」

「長命種から教わるか、自分で解析するか。魔法・魔術言語はその危険性から、教わる時に誓わされると思いますぞ？　恐らく今でも一般的には広まっておりますまい」

魔法に儀式やらと自由度が広がるので、悪用されないためにもあまり広めていない？　師から弟子への秘伝的な意味もあるんですかね。

《魔術言語学》

一部に伝えられる特殊言語。

誰でも使えるように汎用化させたのが魔法であり、魔術はその前身である。

魔法より強力だが、扱える者は限られる。

人ならざる高位の者と接触し、友好関係を築ければ……。

人ならざる高位の者って言うと、宰相だけではないでしょうし……他のプレイヤーも探せば教えてもらえるんでしょう。

SP10を消費して覚えます。既に3次スキル相当だと思うのですが、更に《古代神語学》があるんですよね？　上がり方からして特殊でしたが、どうやら例外があるようですね。

ステルーラ様に誓い、リアルも15時前なので……継続ですね。

《《魔術言語学》の理解度が10％に上昇しました》

……予想はしてましたが、上がりづらくなり過ぎでしょう。

さっきは2時間半で100％になったのに、今3時間で10％ですが？　既に18時近いですね。

えー……リアル6時間がゲーム内1日なので、1日使って20％ですか。つまり《魔術言語学》をカンストさせるには、ゲーム内5日必要。ごろく30時間。リアルで1日と6時間ですね。

よぉし、剣術しましょうか！

「宰相、先が長いと分かったので休憩しましょう。剣術です」

「ふむ、では訓練場へ行きましょう。そこにいるはずですからな」

宰相のいた執務室から、ラーナがいるだろう訓練場へ向かいます。

「グラーニン」

「あら宰相」

「サイアーに剣術を」

「早速ですか。やる気があるのは良いことですわ。まずは確認から」

「こちらはまだ30なのでお手柔らかに」

まず冥府軍で使っている木人に魔法を撃ってみろとのこと。剣術は？　やりますけど……。木人のステータスなどが不明なので、どのぐらい強くなったかは分かりませんが……的のＨＰ全然減らなかったのですが？　あの木人、基準があなた達では？

「ふんふん……」

……宰相やラーナは何やら分かっているようですが。

そして、今度はラーナの攻撃を防ぐようです。

加減されているのは分かりますが、確実にギリギリを狙ってきてますね……。しかも光刃がミシミシ言っているのですが？

「ほほぉん？」

突然背後から来たり、横から来たりですよ。銀の鍵とスキルがなかったら斬られてますね。セット効果である、反応速度強化の補正が上がったのも大きいでしょう。

しばらく続けたら満足したのか、次は遠距離に対する確認です。

「ふむ……なるほど……」

宰相が闇系の魔法を使用するので、それを反射するとのこと。闇なら万が一当たっても吸収しますからね。

宰相が放った【ダークボール】を反射するため、【ロイヤルリフレクト】で待ち受けます。すると今まで感じたことのない抵抗をしてから、あらぬ方向に反射されました。今度はミシミシというか、バチバチ干渉しあっていましたね……。普段より力が必要で、反射角度が難しかったです。

「やはり今のサイアーに合わせていると思うのですが」

「でしょうな。本来の神器ならあの程度あっさり返すでしょう。しかし、通す気はないようで。サイアーが反応さえすれば防ぎそうですな、さすが神器」

「では、やはりサイアーにはあの型を極めてもらいましょうか。私も極めきれなかった……というか、考えはしたものの性に合わなかった防御の型を。攻撃性に欠けますが、サイアーは魔法がありますからね」

武術はど素人なので、是非基礎からお願いしたいですね。

基本的にラーナの型は元になった古代武術が存在する。でも再現度がいまいちなのか使いづらく、これをベースに自分が使いやすいよう、実践でアレンジしていったものだそうです。

実践でってところに性格が滲《にじ》み出ている気がしますが、『殺してなんぼの剣術なのに、実践で使えないんじゃ意味がない』ってご尤《もっと》もな返事を頂きました。

むしろ自分の命が懸かっているだけに、無駄な動きが省かれるんだとか。後は帰った時にできる限り思い出し、繰り返し体に覚えさせる。完全に武人なキャラ設定ですね。

「まずは見てくださいね。これが基本の構え。そしてこれが守りの構えですが、これは近接である私用なので、サイアーに覚えてもらうのはこちらの方です」

少しだけ体勢が違うようで。ラーナは斬りかかれるよう多少重心が前でしたが、私はメインとなる攻撃が遠距離なので、その必要がないわけですね。

「《宛転流王女宮護身術》は私からすれば時間稼ぎ用です。あくまで騎士が来るまで持ち堪えるもの。しかしそれではジリ貧です。相手の力を利用してしまうのが理想。サイアーは近接をパリィ、遠距離をリフレクトでよろしいですね？」

「はい、それが理想ですね」

「ではサイアーが基礎の型を覚えている間に、調整しておきます」


『目指せ、脱見習い』

剣術の師匠、スヴェトラーナから認められろ。
1．解放スキルの取得。
依頼者：スヴェトラーナ
達成報酬：称号

クエストも発生しましたし、基礎からじっくり教えてもらいましょう。

私をラーナに任せて宰相は戻っていき、私は騎士の人達に混じって訓練します。

しばらく宰相とラーナを往復しましょうかね。型も時間かかるでしょうが、スキルはどうなるんでしょうね？　実に楽しみです。

休憩の間に、ラーナと話します。一応部下扱いなので、交流して相手を知っておかないと、いざという時に困りますからね。

「帝国というとディナイトですか？」

「まだあるのですね？」

「ええ。私達異人は海に手こずっていて、まだ誰も行けてないですが」

「海の敵に手こずっておられるのですか？　海ごと叩《たた》き斬ればよろしいのに」

さすがソードマスターの英雄。さらっと無茶言いおる。飛剣アーツである【ディスタンスソード】でしょうか。……ん？　ここにいる間は地上に行っていないはずなので、生前でそのぐらいはできていたことになりますね。……これだから英雄は。


会話したり訓練したりを繰り返し、夕食です。

「お姉ちゃん、地上でもネメセイアは有名らしいよ？」

「そうなんだ？」

「赤子じゃなければ知ってるだろって、露店のおばちゃんが言ってた」

「つまり常識か。絵本とかに出てくるのかな？　下手に変えなかったのは良かったのかも」

「私達で言う閻魔《えんま》・ハデスみたいな感じだったかなー」

なる……ん？

「それは一番偉い人的な意味で？」

「うん？　うん。死後の世界の一番偉い人」

なるほど、そういう意味ですか。『ネメセイア』はあくまで幽世の王家を指す家名で、個人のお仕事までは分からないようですね。私は王家の裁定者《さいていしゃ》ですが、王子（笑）は裁定者じゃなかったらしいので、王家と職名はまた別。王家はあくまで王家でしかないようですね。

「どうもあの世界だとカルマを見て、魂の割り振りをする人が裁定者と呼ばれて、裁定者達の職場が閻魔法廷って名前のようでね」

「閻魔様って地獄の裁判官だっけ？」

「そうだね。私も裁定者になったようだけど、他にもいるから」

「閻魔様沢山いるのかー」

「沢山……まあ、お巡りさんみたいなもんだよね」

警察の人達をお巡りさんと呼ぶように、裁定者を閻魔様と呼ぶ感じでしょう。……いや、閻魔法廷って名前を知っているのが地上にいる……んですかね？　んー……まあ良いか……。

「そう言えば服装どうなったの？」

端末を弄って妹に見せます。

「おぉ……クラウンか。姫ってか女王。髪型変えたんだ？」

「せっかくだからイメチェンをね。ちょっとそれっぽく」

「編み込みのハーフアップかー。確かにそれっぽい。姫カットは？」

「ぱっつんかー。あれは和服のイメージが強くてねー……」

「確かにそれはある……」

夕食を終えたらお風呂やら寝る準備を整えて、ログイン。

さて、ラーナから教わっているものがスキルになるまでは、通わないとですね。少しラーナに教わり、離宮へ帰ってから……おやすみなさい。

08　水曜日

　ということで、数日ほど籠もり往復しました。現在4日目、水曜日でございます。

　朝食を終えログイン。

　離宮の庭で道に沿って咲いているクリスタルロータスを見つつ、常夜の城へ向かいます。ハウジングは少しレイアウトを弄《いじ》っただけで、特に追加はありません。基本的に宰相とラーナを往復なので、他はさっぱりですね。

「宰相、続きをやりましょう」

「そろそろ終わりそうですなぁ。《古代神語学》は教えられませんが」

「そうなのですか？」

「あれは外なるもの達の領域というか、年代というか……。基本的には必要ない言語ですからな」

「この本が特殊過ぎるだけですよね。近いうちに頼んでみましょうか」

「そうしてくだされ。さあ、始めましょう」

〈《魔術言語学》の理解度が100％に上昇しました〉

〈《魔術言語学》が成長上限に到達したので《古代神語学》が解放されました〉

《古代神語学》
遥《はる》か昔に失われたとされる、全ての言語の原型となる最古の言語。
遥か昔から存在する、神に連なる者達と接触ができれば……。

レアスキルに昇格……つまり消費SP16……あれだけあったSPがゴリゴリと。ラーナの方も16持ってかれそうな気がしてきました。
まあ、取得しますよ。まだ読めないとは思いますがチェックしましょうか。

〈特定の条件を満たしたため、《魔導の深淵《しんえん》を覗《のぞ》きし者》を取得しました〉

あれ……装備強化でもスキル解放でもなく、取得？

《魔導の深淵を覗きし者》
禁断の知識が込められた超古代の魔導書の解読を始めた。
魔導書から知識の一部が流れ込んでくる……。
最大MPとMP回復速度に大きな補正を加える。

言葉が分かってしまう以上、強制だったようですね……。種族スキルではなく普通の方ですか。効果は地味ですが、とても優秀。強化が捗《はかど》って実に楽しいですね。ゲームの醍醐味《だいごみ》です。

さて、少し早いですがお昼にして、午後はラーナの方へ行きましょうかね。


昼食を済ませ訓練場へ向かいます。

アルフさんをたまに訓練場で見るんですよね。今は時間的にいませんけど。

「ラーナ、今日も頼みますよ」

「ごきげんようサイアー。最大限サポートさせて頂きますわ」

型だけではなく、ちょくちょく模擬戦をします。これでもスキルレベルは上がるようですよ。まあ、ゲーム的に上がりづらくなっているとと思いますが、0じゃないならやっていればそのうち上がるわけで。

《《死を纏《まと》うもの》がレベル20になりました。スキルポイントを『1』入手。効果が上昇》
《《自動回復特性》がレベル30になりました。スキルポイントを『2』入手》
《《自動回復特性》が成長上限に到達したので《回復特性》が解放されました》
《《生気吸収》がレベル30になりました。スキルポイントを『2』入手》
《《宛転流王女宮護身術》がレベル30になりました。スキルポイントを『2』入手》

《《宛転流王女宮護身術》のアーツ【ロイヤルスフィア】を取得しました》
《《MP超回復》がレベル20になりました。スキルポイントを『1』入手》
《《細剣》がレベル25になりました》
《《細剣》のアーツ【エクリクシス】を取得しました》

アーツがないスキル達も、通知がないだけでログには流れますからね。


【エクリクシス】

突き刺した対象を内部から爆発させる。

【ロイヤルスフィア】

全方位防御を行う。


【エクリクシス】は中々の威力でしたよ。突き刺さりさえすれば。避《よ》けられたりすると爆発が発生しませんでした。つまり外すと隙のできるただの突きに。

【ロイヤルスフィア】は効果時間中、自分の周りに膜のようなエフェクトが出現し、攻撃を防ぎます。対範囲魔法に便利ですが、クールタイムが長めですね……。まあ、ないよりは遥かに良いので良しとします。

《回復特性》は……自動が外れた名前通りですね。自動回復のみから、回復判定が入ったら回復量に上乗せされると。これは消費ＳＰ3。取得しましょう。優先度がかなり高い、もはや必須級のスキルです。

そんな強化作業なんかもしつつ、ラーナや騎士達と訓練してた結果。

〈今までの行動により《古今無双《ここんむそう》・一刀流》が解放されました〉

さらばＳＰ16よ。容赦なくレアスキルが私のＳＰを食べていきますね……。

〈《古今無双》を取得しますか？〉

勿論《もちろん》ですよ……っと。

〈《古今無双》と《宛転流王女宮護身術》は同時に存在できません。《古今無双》をよくご確認の上、選択してください〉

珍しく運営が念押ししてきてますね……。大人しくしっかり確認しましょう。

《古今無双》

古代武術を剣姫スヴェトラーナがアレンジした古代剣術。

自分を守り、相手を叩《たた》き斬ることだけを追求した超実用型剣術。

クールタイムなどがない代わりに、動作（型）を覚える必要がある。

再現度が高いほど効果が上がるが、同時にアーツのセミオートを失う。

【Ｅｘ　基本の型】


つまり……システムによる体のサポートがなくなるんですね？　元々私はマニュアル戦闘派なので、そこは不要ですが……。

それよりも気になるフレーバーテキストが、『古代武術を剣姫スヴェトラーナがアレンジした古代剣術』ですかね……。剣姫スヴェトラーナというワードも気になりますが、どれだけ古代と？

……あ、ああ、そうか。ここにいるラーナは既に死んでましたね。６００年ぐらい前とか聞いているので、『元となった古代武術があるけど、ラーナの使用してた剣術ももう古代だから』ってことですね？　確かに６００年もすれば、十分古代判定ですか。

それにしても、これは大きな賭けですね……。

「どうされました？」

「《古今無双・一刀流》が解放されましたが、少々悩んでいるのですよ」

「ふむ？　あのアルフという異人はともかく、サイアーは悩む必要なさそうですが。《護身術》はどんな状況にも対応できるものですが、広く浅くの時間稼ぎですわ。そんなものこちらからしたら遊戯に等しいですもの」

「基本の型ということは、別の型も教えてくれるのですよね？」

「勿論ですわ。一番最初にお見せしましたでしょう？　基本さえ覚えれば他の派生は応用ですので、サイアーならすぐ覚えるはずです。これから【気流の型】と【流水の型】、それに【鏡の型】をお教え致します」

3つの型を教えてくれるのですね。

《宛転流王女宮護身術》が消えるのはSP的にかなり痛いですが……仕方ありませんか？　まだこれを覚えるのに消費したSPを回収できていませんからね……。

「サイアーの動きを見ていた感じ、不自由そうには感じませんでした。むしろ《護身術》よりもやりやすくなる可能性が高いです」

クールタイムがなくなるのは非常に大きい。型をなぞる必要がありますが、RPの一環と考えてしまえばむしろありですか。マニュアル戦闘派としては、楽しくないわけがないですね。

よし、取りましょう。SP4しか回収できてないので、マイナス6ですが……さらば護身術。

〈《古今無双》を取得しました〉

〈特定の条件を満たしたため、『称号：古代剣術後継者』を取得しました〉

〈『守護のアサメイ』が持ち主に適応しました〉

『目指せ、免許皆伝』

剣術の師匠、スヴェトラーナから認められろ。
1．6個の【型】を習得せよ。
依頼者：スヴェトラーナ
達成報酬：称号更新

古代剣術後継者
剣姫スヴェトラーナの使用していた古代剣術・古今無双の中でも、一番得意とされる一刀流を扱う者の証。
地上でも長きにわたり継がれているようだが、既にただのチャンバラに見える。
型の効果がフルスペックで発揮可能。

地上でも道場や騎士団で続いているのでしょうね……既に劣化しているようですが。効果が低いのでしょう。600年も経《た》てばそうなりますか。

アサメイは《宛転流王女宮護身術》が消えて、《古今無双》に変わっていますね。【基本の型】ではなく、派生型使用時の効果が上がるようです。つまりまだ効果がない感じですか。

ああ、《空間認識能力拡張》とは別枠で、簡易化された私が型を再現しているので、真似すればできるのですね。まあ、戦闘中に見てる余裕あるかと言われるとあれですが、最悪オートですか。

まだリアルは15時ですね。アサメイのためにも、引き続き3つの型を教わりましょう。体に覚え込ませないと、戦闘でかなり苦労することになりそうです。

「ではまず【気流の型】ですが、これは足運びがメインです。ほぼ【基本の型】に入っているので、すぐでしょう。一番楽な派生型です」

〈特定の条件を満たしたため、《古今無双》にエクストラアーツが追加されました〉

「そして【流水の型】は、受け流しに特化した型です。型自体は難しくありません。実践で扱いきれるかはまた別ですが、《護身術》時代の下積みがあるので、むしろやりやすく感じる可能性が高いですね」

〈特定の条件を満たしたため、《古今無双》にエクストラアーツが追加されました〉

「最後に【鏡の型】です。遠距離攻撃を反射することに特化した型になります。こちらは型も実践も難しいですが、サイアーの空間能力ならきっと……私より使いこなしてくれるでしょう」

「期待が重いですね」

「無駄な期待はしない主義ですわ。サイアーなら使いこなせさえすれば、囲まれても十分なはず。是非とも魅せて欲しいですわね」

ニッコニコですこの人。ガチですね……。やりますけど。一番欲しい型ですから。

〈特定の条件を満たしたため、《古今無双》にエクストラアーツが追加されました〉

「さすがサイアー。理解が早く、思い通り動かす器用さもあり、忍耐力もある。そして体幹も十分。教えるのがとても楽しいですわね」

「3つ覚えるのに半日以上掛かっていますが……」

「十分です。むしろ驚異ですね。基本の派生型は後3つありますが、いかがなさいます？」

既にリアルは19時近いですからね。ここまでにしましょう。でもその前に、残りの型を聞いておきましょう。

「残りは【対人の型】と【対魔物の型】。名前通り対人と魔物を想定した攻撃の型です。そして【守りの型】ですね。防御に重点を置いた型になります。サイアーと模擬戦したり見てる感じ、出番はなさそうですから。流水と鏡、頑張ってくださいませ」

「分かりました。そろそろ地上にも行きたいところですし、一旦ここまででしょうか……」

「いつでもお待ちしておりますわ」

「その時はお願いしますね」

ご飯まで少しあるので、スキルの仕様を確認しましょう。

【Ｅｘ　基本の型】には……複数のアーツが存在すると。

【剣技強化】【斬撃強化】【脚力強化】【防御強化】【受け流し強化】【反射強化】が存在し、【Ｅｘ　基本の型】の間は6個全てのアーツが発動するけど、補正値が低い。その代わりに、それぞれのアーツが現在の『型』に合わせて強化される。

【Ｅｘ　流水の型】の間は【剣技強化】【斬撃強化】が失われるけど、【受け流し強化】の補正値が跳ね上がる……と。他の補正値に変化はない。

【Ｅｘ　鏡の型】の間は同じく2つが失われ、【反射強化】が跳ね上がる。同じく他の補正値に変化はない。

　確かにとても強いが……『型』をちゃんとできていることが前提。できていないと補正値は全て0。頭に浮かぶ動作を、どれだけ正確に再現できるか……なスキルですね。

　肝心の頭に浮かぶ動作自体にブレがあるのは、スキルレベルの低さや知力依存かもしれません。宰相やラーナが気になる言い方するんですよね。さっきラーナの言っていた『理解が早く、思い通り動かす器用さもあり、忍耐力もある。そして体幹も十分』とか。これって『理解が早く（知力）。思い通り動かす器用さ（器用）。忍耐力（精神）。そして体幹（身体制御？）』と思わなくもないんですよね……。

　宰相の場合、もし教える側の知力も影響あったら？　どれだけ分かりやすく教えることができ、教えられた側はどれだけ理解力があるか。ゲームなので、内部データとしてステータスの数値はあるはずなんですよね。何かしらの行動において、そちらを参照しないとは思えません。

そして筋トレが効果ある以上、型稽古と言いましたか。あれをした方が脳内精度が上がるのでは？　実際中の人である私も覚えるでしょうし、今後は体幹トレーニングの代わりに型稽古ですか。

あと気になるのは……アサメイの【属性収束循環機構】ですね。死、光、闇はシンプルに即死と呪い、光属性、闇属性だったので良いのです。刀身は白と黒ですが、死だと闇より濃いですね。

問題は空間ですよ。これが分からないのです。刀身で与えるダメージが他に比べ、4割ぐらい下がるんです。ちなみに色は一番好きです。夜空っぽいんですよ。深い青の中に白い星のような点々が浮かんでいるんです。綺麗《きれい》ですよ。

空間属性と聞いて浮かべるイメージは何でしょうか？　少なくとも、刀身での直接攻撃ではないというのはダメージで分かります。

距離を無視した次元斬とか？　できるなら既に現象として起きているでしょう。恐らく違う。

……そう言えばインベントリが空間系ですよね。対象のインベントリを破壊して、アイテムをバラまく？　鬼畜にも程が……さすがにないでしょう。信じますよ運営。

「あっ……」

「お……っと。ん……？」

「お見事ですサイアー」

流れ弾が飛んできたので弾《はじ》いたわけですが、これは検証すべきですね。

「ラーナ。魔法が得意な人はいませんか？」

「勿論いますわ」

「少し検証に付き合ってください」

とりあえず魔法を撃ってもらい、パリィや反射をするのですが、その際属性を変えて試します。その結果、飛んでくる魔法属性に一致させた方がパリィがしやすいということが判明。そして何より、空間属性だと属性一致より楽。

つまり刀身での直接攻撃が弱くなる代わりに、反射に対する補正が上がるようです。ついでにラーナにも手伝ってもらい、近接攻撃を試した結果……こちらもやりやすいので、パリィと反射の防御系に補正を与えるようです。空間は空間でも、結界の方みたいですね。

基本的には空間の刀身で、魔法攻撃をしているべきでしょう。剣で攻撃する時は死か闇。相手が光弱点のアンデッドとかなら光。

刀身にする際のMP消費は空間で5％ほど。それに比べると他はないに等しいですね。死は魔法とかではなく、自分自身の属性なので、消費なしだと思います。

こんなところでしょうか。

付き合ってくれた人達にお礼を言って、離宮へ戻り夕食にします。

「お姉ちゃん！　明日プチアプデするって！」

「へー。あのシステムが来るのかな？」

「追加するってー」

厨二病患者が増えそうですね。

私はショートカットワードにでもしましょうか。たまに長い魔法ありますからね。

食事やお風呂を済ませ、寝る前のログインをします。
さてさて、とりあえず急ぎでやりたいことは済ませました。となると……気になっていたことを確認していきますか。

［素材］　クリスタルロータス　レア：Ep　品質：A
触れた者の本質を映し出すと言われる、冥府に咲く幻の花。
入手が冥府のみのため、薬師や錬金術師が渇望する物の一つ。

摘んでみると白く光ってますね……。本質を映す……もしかしてカルマでしょうか？
川と繋《つな》がっている庭の池で、水も汲《く》んでみましょう。

［素材］　追憶の水　レア：Ep　品質：A
非常に高い魔力を含む、冥府を流れる川の水。
入手が冥府のみのため、薬師や錬金術師が渇望する物の一つ。

これは湧き出る水筒に汲んでおきましょうか。
後は土と、あの一角にある採掘ポイントですね。

[素材]　清浄の土　レア：Ｅｐ　品質：Ａ＋
非常に高い魔力を含む、浄化の土。
入手が冥府のみのため、薬師や錬金術師が渇望する物の一つ。

[素材]　ムーンネザーライト　レア：Ｅｐ　品質：Ｃ
常に夜である冥府にて、月明かりを受け続けて変質したムーンクリアライト。
魔法触媒の素材として重宝されるが、ネザー品はとても貴重。

《採掘》が低いからですかね。品質がとても微妙。採れるだけマシですかね。
それとあの実は……。

[素材]　ホーリープニカ　レア：Ｅｐ　品質：Ａ＋
復活の象徴と神聖視される、白いザクロ。
真っ白いザクロはとても珍しい。

品質が総じて高いのは、恐らく城の敷地内で採取したからですかね。レア度が高いのは、純粋に人の出入りができない冥府品だからでしょう。

んー……師匠のところにでも持ち込みましょう。地上での扱いを教えてくれるでしょうからね。

水は大きな空き瓶に汲んで、他はそれぞれ5回ずつ採取しておきましょう。

そして家のミニポータルから始まりの町へ飛びます。久々の地上ですね。こんにちは現世《うつしょ》。

さて、師匠の家に向かいましょう。

「お久しぶりです師匠」

「お前さんか……冥府には行けたようだね？」

「はい。そこで師匠に見て欲しい物がありましてね」

「冥府で採れた物かね。何個か浮かぶが……はて、何が出てくるやら」

一つずつカウンターの上に並べていきます。

「噂《うわさ》には聞いていたが、まさか実物を見ることになるとはねぇ……ふぅむ……。知っていることを教えるよ、良いかい？」

「お願いします」

魂の色に連動するとされるクリスタルロータスは、国が求める幻の花。

非常に高い魔力を含んだ追憶の水は、魔女と呼ばれる者達が挙《こぞ》って求める。

「ホーリープニカは教会が求めるだろうし、それ以外の土も水晶も、入手経路が限られ過ぎてて欲しい者は沢山いるだろうさ。取り扱いは注意するように」

「ふむ……」

「魂の色が見えるようになったかい？　幽世《かくりょ》の王よ」

「ええ、なりました」

「信用できる者の目安にはなるさね。教会へ持っていくならルシアンナに直接渡しな。流通させるつもりはあるのかい？」

「ムーンネザーライト以外は、今後他の異人達でも持ち帰れるかと。水などはまあ、困らないのではないでしょうか？」

「他の魔女達が押しかけてきそうだね……やれやれ。とは言え、追憶の水なんか出てきたら当然か。どうせ薬になるんだ。悪いことじゃないさね」

「その中で欲しいのあればあげますよ。師匠ですからね」

「良い弟子を持ったもんさね。ロータスと果実以外は貰《もら》おうか。ああ、それと……次から水を汲んでくる時は魔法の器を使いな。勿体《もったい》ないさね」

そう言いながら奥に引っ込んだお婆ちゃんが、大きな器を持ってきて水を移し替えました。魔粘土系を使用した入れ物ですね。以前魔力を含んだ物は魔力を含んだ物で……とか言ってましたね。

「清浄の土と追憶の水に、オーブを混ぜて魔粘土でも作りましょうか……」

「やめろとは言わないが……産地の持ち主にしかできない無駄に贅沢《ぜいたく》な器さね」

ところで、さらっと気になるワードが出てきてましたね。

「それはそうと、魔女とはどんな存在なのですか？」

「ああ、知らないのかい。そうさね……とある修行を行い、その結果少し特殊な魔力を持った者達であり、その魔力などを使用して、魔女の秘薬と呼ばれる数々の薬を作る者達」

遥か昔の魔女達が研究をし、効果が非常に高い魔法薬《ポーション》を生成した。

しかし魔女自体が少なく、素材も希少であり、それに伴い生産数も少ない。王家や公爵など、精々上位貴族ぐらいまでしか行き渡らない。そこで、誰でも作れるように生産性を上げた結果が、今出回っている効果の落ちた魔法薬だそう。

魔女の作った効果の高い魔法薬を区別するため、それは『魔女の秘薬』と呼ばれる。

「魔女は修行を終えた者のことを指し、寿命が劇的に延びる。魔女になるためには師を探し、弟子と認められねばならん。魔女の秘薬のレシピは弟子に継がれる。たとえ奪ったとしても、魔女特有の魔力が必要だから無駄さね」

「なるほど。まあそもそも、私に魔法薬は無意味なのですが……魔女が敵ではないと分かったので、良しとしましょう」

「そっちの世界では敵なのかい？」

「敵というか、忌み嫌われるというか。魔女と言われて浮かべるイメージは、人によって綺麗に分かれそうですね」

「こちらで手は出すんじゃないよ。基本的に薬師達憧れの存在だからね。敵に回すものが多過ぎるさね」

「覚えておきます」

あと何か聞いておくことはありましたっけかね。お婆ちゃんの知恵袋……。

そう言えば、私の家名は子供でも知ってる程度に有名だと、妹から聞きましたが……ラーナはどうなのでしょうか。南の英雄だから、この大陸では微妙でしょうか？

「師匠はスヴェトラーナという英雄はご存知ですか？」

「スヴェトラーナ……南の大英雄だね？　子供でも知ってるさね。絵本があるはずだよ」

「絵本ですか？　本人に持っていってあげましょうか……」

「……お前さんまさか？」

「ええ、冥府にいたんですよね。剣術教えてもらっています」

「……絵本持っていくのはやめてやんな。きっと悶《もだ》え死ぬさね」

「残念です。話だけにしておきましょう。……では、今日はお暇《いとま》しますね」

「早速何か作るとするかねぇ……」

たまに持ってきてあげましょうか。

お店を後にしてログアウト。明日はアプデらしいので、ログインはメンテ後ですかね。

■公式掲示板6

【スリルが】裏酒場スレ　9【満点】

ここはレッドプレイヤーが集う総合スレだ。レッドプレイヤーにしかこのスレは見えないぞ。

町へ入るなら《忍び足》や《変装》などが必須。でないと門番などに捕まる。

デスペナは共通に加えレッドプレイヤー用のが追加される。

現在経験値の減少。奪った物を持っていた場合、高確率ドロップ。復讐《ふくしゅう》された場合、その人から奪った物全ドロップ。一定時間特殊牢獄《ろうごく》エリア行き。覚えておくように。

公式サイトのレッドプレイヤーをやる場合のルールは必ず読むように。

犯罪ＲＰルール：http:// ＊＊＊＊＊＊＊＊＊

前スレ：http:// ＊＊＊＊＊＊＊＊＊
>>980 次スレな。

632. 影の者
二陣が来たからなんだかんだで増えたな。

633. 影の者
そうだな。
634. 影の者
レッドギルドはねぇのん?
635. 影の者
当然あるぞ。お前はどっちだ? 悪役RPかただのクズか。
636. 影の者
何だその選択肢。RPだな。
637. 影の者
じゃあギルドはキルストリークにすると良い。あそこが悪役プレイ楽しむ組だ。
638. 影の者
良心持ってるしっかり運営ルールを守る派。
生温《なまぬる》い事言ってんじゃねぇよ派。
がいるからな。RPを楽しみたいか。ただのクズかはしっかり分けないとなぁ?
639. 影の者
なるほどな。キルストリークが前者のギルドって事で良いんだな?
640. 影の者
おう。ただ、キルストリークは明らかに子供なプレイヤーは避けるからな。子供がPTにいるとそもそも近づかん。ターゲットは高校生からだ。それが嫌ならもう少し緩いところもあるが？
641. 影の者
いや、そこで構わないが、小学生とかはそもそも攻撃できなかったよな？
642. 影の者
そうだぞ。あそこはゲームの楽しさを優先して欲しいから、子供がいるPTは避けるんだ。他のPTメンバーも狙わん。

と言うか一陣は基本そうだな。子供狙っても楽しくないとかあるだろうけど。二陣が増えてそんなの関係ねぇが増えたけどな。
643. 影の者
なるほどなぁ。ありがとうよ。
644. 影の者
おう、楽しめよ。

821. 影の者
そういや、姫様狙うとか言ってた奴らどうなったんだ？
822. 影の者
特に聞かねぇなぁ。
823. 影の者

まだ準備中なんじゃねぇの？

824. 影の者

リターンより嫉妬でターゲット決めるような、胸も股間も小せえ奴らはどうでもいいさ。とばっちりが来ねぇ事を祈るのみだな。嫌な予感しかしねぇ。

825. 影の者

あの人の近衛と言うか親衛隊と言うか……トップ層多いからなぁ……。

826. 影の者

本人もトップ層とは言え、明確な弱点があるからなぁ……。

827. 影の者

明確な弱点あるのにむしろなんで狙わねぇんだ？

828. 影の者

最高にリスクに見合ってねぇんだよ。

829. 影の者

あの装備は落とさねぇし、敵の素材もほぼ《死霊秘法》で取り込んで持ってないだろうし、所持金も預けてるだろうし、食材が……沢山出るかもな？

経験値は多いかもしれんが……そのために親衛隊出陣とか堪らんわ。

830. 影の者

あの人のファンがどれだけいると思ってんだ……。

831. 影の者
しばらく始まりの町とベルステッドは避けるかなぁ。
832. 影の者
避難するなら北か西か。
833. 影の者
だな。とばっちりでデスペナはごめんだ。
834. 影の者
あの人《看破》とか《感知》系高いだろ？
835. 影の者
少なくとも《感知》系は確実に高い。
836. 影の者
ＰＫは情報勝負だからな。

09　木曜日　午後

朝起きたらいつも通り早朝ログイン。始まりの町の広場で落ちたので自宅に飛び、庭で型稽古をしてから落ちます。

朝食を食べたらのんびりしたり、運動したりでメンテ中の時間を潰します。掲示板は使えるので、普段より流れが速いと。普段ゲームに集中してる人達も参加しますからね。

体操後にシャワーを浴びて、のんびりアプデ情報の確認。そこへ妹がバタバタやってきて、『メンテ終わったよ！』と言ってバタバタ戻っていきました。

……ログインしましょうか。メンテ直後のお決まりであるログイン順番待ちを済ませ、朝にログアウトした自宅へ。

とりあえずメンテで効果の切れた【インベントリ拡張】を再使用しておきます。6割使用だった拡張が、2割ちょっとまで減っているんですよね。鍵と加護のおかげでしょう。計算式などが不明なので何とも言えませんが、スキルレベルが上がって使用ＭＰが減るほど、効果が薄くなる可能性が高いですね。

「何か問題は？」

「特には。いつも通りでございます」

近くにいたメイドさんに聞いても特にないそうなので、追加されたシステムの確認をしましょう。発動キーワードカスタマイズ。

設定できる発動キーは２個ずつまで。本来の発動キーと合わせると３個ですか。

課金で３枠追加可能で、本来のを入れて６パターンまで設定が可能。

追加はスキルごとではなく、アーツや魔法一つごと。１アーツまたは魔法で１００円ですかー……。最初の追加作業が大変ですね。私は初期２枠あるなら、特に困らなそう。

後は……掲示板での表示名が、ファーストもしくはファミリー、どちらかの選択も可能になったようです。フルは長かったですからね……。普通にファーストにしておきましょう。

ということで、早速銀の鍵のキーワードを変えましょう。『開け』で転移門が起動するように……っと。行き先は……思考で良さそうですね。

マジックミサイルは長いので、『マジミサ』や『ミサイル』で良いです。エクスプロージョンも長いんですよね……ポイズンプロードと同じ『プロード』にしましょうか。

とりあえず、略すだけでいいでしょう。

さて……レベル上げか、生産か、それとも採取か、はたまた勉強か……。実に悩ましい。生産するなら錬金。採取は……採掘で下僕達の装備狙いでしょうか。勉強は《古代神語学》。教会のルシアンナさんに報告というのも良いですね。冥府の入り口教えてもらいましたから。クエストのおかげで加護も得られましたし。

お、クリアオーブができましたか。


［素材］　純魔力球《クリアオーブ》　レア：Ex　品質：―

魔力が圧縮され球体状に固められた物。

不純物がないため非常に高効率なエネルギー源となるが、扱いには注意が必要。

トレード不可。


装備が変わったと同時に、生成する物が魔力球《オーブ》から純魔力球へ変わっていました。正直具体的にどのぐらいの差があるのか謎ですが。私が育った影響で、生産数が初期から増えていたオーブも、クリアオーブになったことで初期ぐらいの生産数に落ちましたね。

一号に食べさせた感じ、オーブとクリアオーブでは2倍ぐらい違うようです。オーブの使い道も探さないといけませんね。いや、宰相に聞けばいいのか……。

突撃、隣の常夜城。

「宰相！」

「どうしましたかな？」

「このオーブは何に使えるのです？」

「ふむ。色々なことに使えますなぁ。端的に言えば純度の高い魔石ですぞ。錬金や死霊と言った、要するに魔力の関わることに」

「単純に魔石の代わりとして使えば良いのですね？」

「そうなりますな。ただ……今のサイアーに扱いきれるかは別ですが」

「詳しく」

一定以上の魔力を持つ物を加工する場合、【魔力操作】が満足にできないと自滅するそうです。物が持ってる魔力を抑え込みつつ整え、形を変える必要があるので、魔力を持った物を作るのはかなり高度だそうですね。これは《錬金》系に限らず、他の生産もそうだと。

いかに魔力を失わせず、あわよくば更に魔力を追加して仕上げるか。それが職人の腕の見せ所らしいです。

「未熟な者がやると死ぬことすらありますが、サイアーなら問題ないでしょう」

「そうですか？」

「サイアーは異人ですからなぁ。はっはっは」

「…………」

これ『サイアーならできるよ！』ではなく、『サイアーなら死んでも問題ないでしょ？』ですよ。不敬では？

「サイアーには是非強くなって欲しいですからな。手伝いはしますが、甘やかしませんぞ？」

「真横でやって巻き込んでやりましょうか……」

「可愛い嫌がらせですな。はっはっは……ダメージはともかく、家具が死ぬのでやめてくだされ。備品破壊は感心しませんぞ？」

くそう……分が悪い。

「ああ、そう言えば。サイアーの持っている錬成陣、地上で入手した物ですな？」

「そうですよ」

「なら改良したらどうですかな？」

「……改良できるのですか？」

「錬成陣ぐらい読めるはずですぞ？　効率が上がるよう手を加えるだけですな」

「なるほど？」

「まあ、サイアーが錬成陣を理解できればの話ですが」

「煽《あお》りよる……」

エルダーリッチめぇ……。

とは言え、いい情報なのは間違いありませんね？　近いうちに……いえ、今で良いですかね。見てみましょう。

「………ふむ。これすぐには無理ですね」

「でしょうな。手の付け方をお教えしましょう。まず、錬成陣は集合体です。それぞれが作用しあって、最終的な効率が変わります。つまりブロックを最適化したら、最適化されたブロック同士を繋《つな》ぎクラスタへ。当然クラスタにする際もちゃんと効率を確認。それの繰り返しですぞ」

「ではまず、クラスタの分解から始めるわけですね」

「そうなりますな。クラスタを分解しブロック単位にし、ブロックを作っている言葉を改良。再び組み立てていく」

要するに、円形の魔法陣型プログラムですか……。まあ、効率は表示されるので分かります。それだけでかなり楽ですね。

「崩して組み立てては使用し、崩して組み立てては使用し……地味な作業ですぞ」

「……え？　各ブロックの最高効率を見て、更に見ながらクラスタにすればいいですよね？」

「……もしかしてサイアー、効率が分かるのですかな？」

「ええ、分かりますね……」

「エイボンの書よ……お前か……？　儂《わし》がどれだけ苦労したと……？」

ほほほほ……ちまちま進めるとしましょう。

「では、地上にでも行ってきますね」

「はあ……気をつけるのですぞ」

テンションがだだ下がりな宰相を置いて、地上へ行きますかね。

今まで何だかんだで立像使ってたんですよね。銀の鍵でも試してみましょう。

「【開け】」

おぉ……？　銀の鍵がふわっと浮いて少し先の地面に刺さり、転移先の選択が来ました。始まりの町を選択します。鍵が回ると影が広がるように、冥府への入り口と同じ黒い階段が出現しました。同時に銀の鍵が溶けるように消え、ちゃりんと吊《つ》るしていたアサメイの横へ。

良い演出ですね！

私がすっぽり入るまで階段を降りると、入り口が閉じて踊り場になりました。今度は上りの階段になり、光が見えますね。地上の光でしょう。上りきると黒い階段が消えました。出てきたのは中央広場の立像近くですね。教会へ行きましょうか。

教会による場の浄化……ちょっかいを感じなくなりましたね。無効の効果か、光が弱点ではなくなったからか……普通に考えれば前者ですかね。

えー……見覚えのある顔は……ああ、あの人にしましょう。

「すみませんが、ルシアンナさんと面会は可能ですか？　忙しいようでしたら空いてる時間を聞いて頂けると」

「は、はい。少々お待ちください」

「お願いしますね」

あの人なら私の進化前を知っているはずですし、反応からして大丈夫でしょう。

……ここで祈ればまたワンワン王会いに来てくれますかね？　ティンダロスの王よ……聞こえますか？　お願いがあるのですが……。

あ、来ましたね。

「何用だ？」

「ティンダロスの王よ……言語を教えて欲しいのですが」

さすがにここで本の名前は出さない方が良い気がしたので、トントンして示してから伝えます。

「ほほう？　……そうか、オリジナルはそちらの城にあったな。良かろう、今か？」

「いえ、今度で」

「ではその時呼べ。どうせ暇だからな」

「分かりました」

「それと……鍵を持っているな。冥府で門を探せ。まだ早いだろうがな」

「門……ですか」

「確か北東だか北西だったか。まあ、目指すのなら……だが」

それだけ言って帰ってしまいました。暇な時にでも冥府の探索しましょうか。

……そう言えば、住人からすればワンワン王はレアキャラでしたね。個人的なお願いをしただけなので、気にしないでください。

「お待たせしました。ご案内致します」

帰ってきた灰色刺繍《ししゅう》のシスターに付いていきます。……あれ、シスターってリアルだと身分的には低いんでしたっけ？　でもこの方は灰色刺繍ですし、ルシアンナさんも……リアルは役に立たなそうですね。教会のシンボルも十字架ではありませんし。

「ようこそ、アナスタシアさん」

「突然すみません」

恐らく客室でも豪華な一室で、ルシアンナさんが待っていました。

案内してくれた人は下がり、給仕の人も紅茶を入れて下がり、２人だけに。

「まずご報告です。旧大神殿、礼拝堂の掃除をしたらステルーラ様から祝福を頂けました」

「それはそれは。ステルーラ様が加護を与えるなんて珍しいですね……」

「加護を得られたお礼と、無事に冥府に到着した報告をしておこうと思いまして」

「おめでとうございます。ただ、加護は日頃の行いなので、お礼は不要ですよ？」

「まあお土産も兼ねてなので、どうぞ」

「こ……これは……こんなに……？」

ホーリープニカを5個ほどプレゼントしておきます。

「冥府に沢山なっているので、気にせずどうぞ。それとこんな物もありますが」

「それは……幻のクリスタルロータス……。この２つの定期的な納品は可能ですか？　教会として、ご依頼をさせて頂きます」

「個数にもよりますが、用途も気になりますね」

「ホーリープニカは立像のところへ飾らせて頂きます。クリスタルロータスは貸し出しになるでしょう」

「貸し出し……ですか？」

「持った者の本質を映し出すとされるクリスタルロータスは、例えば貴族へ持たせるのですよ。黒くなったら家探しです。申請があれば貸し出しを行います」

「なるほど。代わりにやってくれるのでしたら、お願いしましょうか」

最初はあることを示す花3個で十分。果実も4個あれば十分だそうなので、1個回収します。

こういうのを飾るための特殊な入れ物があるとのことで、ルシアンナさんはそれを取りに行きました。

紅茶を飲んで待ちましょう。そう言えば紅茶で思い出しました。イベントで余ったポイントで、茶葉を交換しておきましょう。ブレンドしたいですし、全種それなりに交換しますか。時間が空いた時にのんびりやりましょう。

ルシアンナさんが沢山連れて帰ってきました。1人1箱魔力が見えるガラスケースを持ってます。

「これが何か分かりますね？　1人1個入れ、果実は立像の前に一つずつ。花は立像同士の間に来るように。つまり果実と花を交互に置くのですよ」

「『はい』」

果実は特に変化ありませんが、花が明るい白から少し輝きを失います。とは言え、一般的な大人は灰色が基本なので、十分明るい人達ですね。大事に抱えて部屋から出ていきました。順調にイベントが進んでいると思って良いんですかね。

さて、報酬の話ですが……これが少々厄介ですね。ある意味私もお仕事しているだけですからね。地上が平和になれば、結果的に奈落の仕事が減るでしょう。しかも冥府になってるのを持ってきただけですから。相場が分かりません。

採取の手数料だけ貰《もら》いましょうか。持ってくるのは楽ですし。その方向で話を進めておきます。

「身分の保証は……不要ですか。名を出して聞かない者は、教会が保証したところで効果あるか怪しいですから。オーラを出した方が早いでしょう」

オーラ系は接触でも効果が出るので、普段町中ではさすがにオフです。特に進化で変わった今、下手したら私にぶつかっただけで即死が発動しますからね。

その後、新しく持ってくるタイミングの話をして、報酬を受け取りお暇します。

さて、教会から中央広場まで戻ってきましたが……何しましょうかね？

とりあえず種族関係のイベントになりそうなことは、これで一段落したはずです。ワンワン王の言っていた門とやらは……多分次の進化関係クエストではないでしょうか。そうなると後10レベは余裕があるので、急ぐ必要はありません。

下僕達の装備集めか……錬金か……。

立像近くにいたからでしょう……すぐ近くに1人のプレイヤーがログインしました。

「…………」

目が合っているのですが、これがまたどうにも見覚えが……。

「ああ、先生では？」

あちゃーって感じで天を仰いでいますね。

「あー……姫様が教え子……ん？　つーと妹ちゃんは……」

「そのまま妹ですね」

「そうか……何も言うまい。うちのクラスにトップ層がいたのか。黒髪新鮮だな」

「トモとスグもいるので、トップ層3人はいますね」

「あいつらもか……。ちゃんと宿題は……と、お前さんに聞くのも野暮か」

「とっくに終わってますね」

「まあ忘れないようにって、確認程度しかないしな。んー……じゃあ個人情報が分かるような発言は気をつけるように……ぐらいか？」

「重々承知しています」

「よろしい。楽しんでるか？」

「ええ、とても」

「うんうん、良いことだ。じゃあ先生は狩りに行ってくる……生徒と」

「結局捕まってるんですね……」

「先生と遊んで楽しいんかねぇ？」

そう言いながら歩いていきました。

まあ、一緒に遊ぶ程度に好かれているのですから……良いのではないでしょうか。教師は好かれてなんぼ感ありますし……。休日かつゲームでまで生徒の相手したいかはともかくですが。

まあそれはそうと、どうしましょうかね。

取りたいスキルも何個かあるのですが……SP飛びましたからね……。具体的には《魔法触媒》

や《影魔法》でしょうか。前者は《本》に派生しますし、後者は闇系統魔法ですから、補正ありますからね。両方でSP6。問題は《本》にSP6持ってかれることですか。《影魔法》は種族スキルとして3で取れますが。アサメイやエイボンを考えると、《魔法触媒》は取るべきですよね……。

心得系というパッシブ強化スキルも気になりますし。クリティカル時の威力上昇や、状態異常確率上昇ですね。

基本的にSPを増やすには、レベル上げるかスキルレベルを上げるか。スキル上げた時の増え具合をみると、上げきれば増えそうですが……。

よし、《魔法触媒》と《影魔法》を取りましょう。16ほど残しておけばレアスキル1個は取れますからね。

〈『守護のアサメイ』が持ち主に適応しました〉
〈『エイボンの書』が持ち主に適応しました〉

［装備・武器］　守護のアサメイ　レア：Go　品質：S+　耐久：—
【魔力解放《リベルタ》】：オーブを消費して次の攻撃に追加ダメージを与える。
【属性収束循環機構】：自身の持っている魔法属性の光剣を発生させる。
【念動装着】：アサメイに手のひらを向けて念じると飛んでくる。
《鑑定　Lv10》

ＡＴＫ：△　ＭＡＴＫ：△
ＤＥＦ：△　ＭＤＥＦ：△
攻撃タイプ：刺突　斬撃
適用スキル：《細剣》《魔法触媒》《古今無双》《高等魔法技能》
《鑑定　Ｌｖ20》
《魔法触媒》：【属性収束循環機構】の消費ＭＰ減少。
《古今無双》：派生型使用時、派生型効果上昇。
《高等魔法技能》：短剣から両手剣サイズまで伸縮自在。
反撃時威力上昇：中
武器防御時効果上昇：中
武器防御時衝撃吸収：中
武器逸らし効果上昇：中
クリティカル発生補正：中
クリティカルダメージ補正：中
魔法攻撃力上昇：中
詠唱速度上昇：中
［装備・武器］　エイボンの書　レア：Ｇｏ　品質：Ｓ＋　耐久：―

【共鳴行動】：魔法使用を意識すると持ち主の周りを浮遊しながら付いてくる。
【オートスペル】：手に持つ必要がない。
【アンチスペル】：所有者に向けられた敵性魔法に自動抵抗する。
適用スキル：《本》《高等魔法技能》
《鑑定　Lv10》
ＭＡＴＫ：△　ＭＤＥＦ：△
《鑑定　Lv20》
知力上昇：極大
精神上昇：極大
詠唱短縮：大
消費ＭＰ減少：大
錬金術品質上昇：大

ふむ……ふむ？　《魔法触媒》により燃費が良くなり……アサメイを呼べると。……私はどこへ向かうのでしょう。いえ、便利なのは間違いないと思いますし、どこへも何も颯爽《さっそう》と直進している気がしますが。フォースの導きのままに……的な。

エイボンの書は【共鳴行動】と【オートスペル】、更に【アンチスペル】の追加ですか。本を気にせず型に集中できるのは良いですね。【アンチスペル】の具体的な内容は不明。

二陣も第二エリアへ行き始めているでしょうから、始まりの町周辺も空いているでしょうか？少し試してみましょう。

久しぶりですね、東の平原。試すスペースは……十分ありそうです。

《影魔法》の最初は【シャドウバインド】しかないので、兎《うさぎ》さんで十分でしょう。《魔法触媒》もまだパッシブしかありませんからね。魔法掲示板で《影魔法》を見つつ、実際に使用して確認をしていきます。

魔法を意識して詠唱ゲージが出現すると同時に、吊るしていたエイボンが解かれ浮き上がります。詠唱ゲージと本の捲《めく》れる速度が連動していて、詠唱が終了すると閉じた状態で待機。発動時に開く……と。かっこいいですね！

【シャドウバインド】は足元などの影から、影の紐《ひも》が出てきて縛り付ける。この際の紐の太さや本数がスキルレベルと知力に依存し、紐の剝がれ具合が効果時間を示す。クールタイムは範囲魔法と同じぐらいか少し長い。

【シャドウバインド】は地面からの発生のため、空の敵には難しいが、単体指定かつ対象追尾のため、不可能ではない。ただし、空の敵は挙動が特殊に見えたため要検証。木の【フロンスバインド】が属性違いで、同じ挙動をする。

バインド抵抗の詳細は不明だが、予想は筋力か精神、そしてサイズと思われる。

ふむ……なるほど。掲示板通りの挙動ですね。

全然剝がれませんね、兎さん。闇系補正もあるせいか、本数も太さも中々です。とは言え、強度は対象が最弱なので何とも言えませんけど。効果時間によって自動的に剝がれるか、抵抗によって剝がされるか。……兎さんは時間で剝がれると。

バインドが解除され突っ込んできた兎さんは、私のお腹に体当たりして止まり、着地します。そして再びバインド。

基本的に他のゲームと同じく、状態異常耐性が付いていくので、バインドの場合はかけるたびに拘束時間が減少していきます。よって、さっきより早くバインドから抜け出し攻撃してきますが、《物理無効》の範囲なので……。

とりあえず……私が覚えているバインド系は1個しかないので、シャドウは略して良さそうですね。【バインド】だけでこれ一択です。

ではアサメイを抜かずに、手のひらを向けるだけで飛んできたアサメイを摑《つか》み、死で生成します。

あれ……？　被弾モーションしてるのに、兎さんのゲージが減ってない。バグりましたか？　闇で生成して斬ってもゲージが減りませんね。あまり痛がっている感じもしてません。おやおや？　んー……怪しいと言えば《裁定の剣》でしょうか。これだけ検証していませんからね。このスキルをオフにして斬ってみると、倒せました。

……拷問用スキルにしか見えなくなりましたね。兎さんが言うほど痛がっていないのは、兎さんの魂が黒くないから？　魔物は基本的に行動原理が本能でしょうからね。そう考えるとカルマが……基本的にはオフですねこれ。《裁定者》が魂による威力の増減。《裁定の剣》がＨＰダメージを与えないためのスキル……でしょうか。フレーバースキル……？　もしくはクエスト用か。

まあ、お肉は沢山あるので取り込んでしまいます。ああ、キャパシティ集めもしないとでしたね。ワイバーンを常用できる程度のキャパシティが欲しいところです。とは言え、これはレベル上げとスキル上げついでに稼げるので、まあ良いでしょう。

レベル上げなら第三エリアですが……ダチョウは魔法ですからね。型のためにも地上で戦いたいところです。

始まりの町へ戻りつつ、掲示板をエリア情報板に切り替えます。敵の種類とレベルがエリアごとに纏《まと》められているので、結構便利ですよ。

東の第三エリア、バルベルク。南側が34～37で……敵の種類がトロールとオーガの上位種……バーバリアンやソルジャー、グラップラーなどの職業？持ちと。

ベルステッドのトロールは特に付いてませんでしたね。オーガとはエリートモブで遭遇していましたか。私の左腕を物理的に持っていった奴ですね。

ふぅむ……囲まれた瞬間死の予感がします。ベルステッドのトロール君で試し斬りしましょうか。

町に入ったら銀の鍵を起動します。

今度はふわっと正面に行き、空中で行き先が出たのでベルステッドを選択します。するとその場で鍵が回ると、空間が裂けるように広がりました。もしかして階段は現世と幽世の行き来で、町から町はこの演出なのでしょうか？　向こう側はステルーラ様の立像が見えていますね。鍵が戻ってきたので通過すると裂け目が閉じていき、ベルステッドへ。

起動条件が安全地帯限定とは言え、銀の鍵便利ですね。わざわざ立像まで歩いていく必要がなく、恐らく町以外のセーフティーエリアでも使えるのでは？　安全地帯ですし。


さて、一号をワイバーンゾンビで召喚して南の森へ飛びます。

到着したらワイバーンを送還し、スケルトンとウルフとアウルを召喚。私がトロールと戦闘中に周囲を警戒させるためですね。

いましたいました。お久しぶりですね、トロール君。

アサメイを空間で起動します。同時にエイボンも浮いたので、戦闘態勢も条件なのでしょうか。

トロールは魔法を使ってこないので、【流水の型】で相手しましょう。

下僕達は周囲の警戒をさせ、私はトロールへ向かいます。アローで釣りましょうか。速攻で捲り終わる本から、アローを放ちます。

……ガッツリ減りましたね。アローでそこまで行きます？　進化してもベースレベルによる制限がかかるので、そこまで劇的に上がることはないはず。となると、装備による強化ですか。ようやく装備一式が強化されたので、今までが弱かったんですね？　本と鍵の補正も大きいでしょうが、こういう時に強くなったと実感がわきますね。

装備補正に感動するのも良いですが、トロールは突っ込んでくるわけで。

初の型を使った実戦！　よっ……ほっ…………うん、イージーモードですか？　ラーナがヤバ過ぎて、トロールがしょぼいですね……。スピードも遅いし、動作も分かりやすい。思わず真顔になりますわ……。ラーナの爽やかなVサインが浮かびますね……。

【ブレイクパリィ】で強制アンバランスにできなくなったのは少々不便ですね。横薙《な》ぎを受け流す際、上に撥《は》ね上げますか。

右から左への横薙ぎ……私からすると逆ですが、しゃがみながら担ぐような状態で、足も使い撥ね上げます。……アンバランスどころか、転んじゃいましたね。刀身を死に切り替え、【エクリクシス】で弱点部位に突き刺すと、刺突ダメージと爆発ダメージが発生して倒します。

下半身だけ残して。

「……もしかしてこのアーツ、ゴミでは？　少なくとも《解体》と相性最悪ですね」

肉片が飛び散らないだけマシだと思うべきですか。確か6割は残ってないと取り込めないんでしたっけ。……大丈夫そうですね。6割は残ってましたか。

とりあえず場所、変えましょうか……。ラーナに慣れるとトロールが遅過ぎて逆にやり辛《づら》い。アルフさんも強く……というか、上手くなってそうですね。ラーナにサンドバッグにされてた気がしますし。タンクなので、ひたすら盾で受け止めるだけという。

「どうしたのです一号」

番号的には三号のアウルがやってきて、一方向を見つめます。

町の方ですが……ワールドクエストならどこにいても通知が来るはずですし……はて？　見た方が早いですか。【ビジョンシップ】を使用してアウルを飛ばします。

木に止まったアウルが見つめる方向からプレイヤーがやってきましたが……なるほど、怪しいですね。何をそんなコソコソしているのでしょうか。

そう言えば、ＰＫらしき視線を感じていましたっけ。冥府に籠もって忘れてました。

用は済んだのでワイバーンで帰る手もありますが……特に落として困る物もありませんし、トロールよりは楽しませてくれるでしょう。

一応保険として、《空間魔法》の遠距離を防ぐ【ラウムスフィア】を使用しておきます。判定的にはパリィより後なので、いい感じの保険ですよ。


〈《空間魔法》がレベル25になりました〉

〈《空間魔法》の【リターン】を取得しました〉


【リターン】

リスポン地点、または最寄りの町に帰還する。クールタイムリアル30分。

イベントマップ時使用不可。


なるほど、よくあるパターンの魔法ではないですか。便利ですね。クールタイムが長いのもお決まりのようなものですし、30分なら割と早い方だと思いますので、気にならないでしょう。戦ってから死んでなければこれで帰りましょう。

アウルの視線から見る限り、魔法3の弓2、近接1のフルPTですかね。2人共長弓。近接は恐らく短剣盾なし。魔法は長杖2の短杖1。

ふむ……長弓なら【アローレイン】がないですね。放置決定。クリティカルも状態異常も関係ないので、短剣も放置で。

一号をスケルトンからウルフにチェンジして、全員戦闘開始まで遠くに潜ませます。魔法使い3人はウルフ2体と、空のアウルから不意打ちさせましょう。ああ、勿論《もちろん》ウルフゾンビですよ。打撃に強くしておかないと。

弱点の対策として、言語を習っている最中の雑談に、宰相から範囲魔法の対処法を聞いています。しかも今は等倍な以上、耐える自信がありますからね。

プレイヤーから隠れるように木を盾にして待ちます。直接視界に入れなくても《空間認識能力拡張》で確認は可能です。魂が黒なので、PK確定ですかね。少なくともレッドプレイヤーなので、遠慮なく。

アサメイは空間で起動しておき、【ライトエンチャント】と【ダークエンチャント】で精神と知力を上げます。エイボンは私の背に。詠唱がバレますからね。

先に発見できるかどうかは重要です。不意打ちは勿論、こういった準備時間がある。

「おや？　ごきげんよう、狩りですか？」

「んっ⁉　あ、ああ、狩りだな」

向こうは時間稼ぎのつもりか、はたまた勝てるつもりでいるのか……。話に乗ってくれるなんて優しいですね。一号達がポジションに着くのを待ってくれるなんて……。

魔法3人と、近接が詠唱していますね。魔力が見える相手だと詠唱もバレるのですよ？

「そうですか。二陣のようですからトロールには気をつけるのですよ」

「ご忠告、ありがとうよ。親切返しにこっちからも忠告だ。最近ＰＫが活発らしいぜ？」

「そうなのですか？　まあ、簡単に負けるつもりはありませんが、ありがとうございます」

「なに、良いってことさ！　冥土の土産だからなぁ！」

「「「【ルーメンエクスプロージョン】」」」

でしょうね。私も詠唱していたのを使いますよ。

「【ダークバースト】」

【ルーメンエクスプロージョン】による光の爆発を、自分中心の闇の波動で対抗します。さすがに4個相手じゃ相殺はできませんか。しかし2割ちょい。余裕ですね。装備も強化されていますし、元々魔法防御は高いのです。今は補助魔法もありますから。被ダメ4倍が頭おかしいだけですよ……。等倍魔法を4人からならまあ、普通こんなもんでしょう。むしろ予想より少ないぐらいですね。

「「「な、何ぃ!?」」」

「生憎私、魔法防御高いんですよね……一号」

慌てて散開するＰＫ達ですが、そこへ一号達が魔法使いに集り……足に嚙《か》みついて引きずり戦法。重装備ならともかく、魔法使いなら余裕ですね。しかも持たせた《死を纏うもの》により状態異常の椀飯《おうばん》振る舞いです。

アウルも残った魔法使いの後頭部へ奇襲。

「ちっ！　飛行か！」

「おや、よそ見とは余裕ですね？　【魔力増幅《マジーアアンプ》】【六重詠唱《ヘキサスペル》】【ノクスミサイル】」

「なっ……」

これでまず1人。さらば弓……3発で死んでましたけど。二陣じゃ対魔法装備なんてないでしょうからね。一陣だって怪しいのに。

そもそもPvPでよそ見などあり得ない。私の方がレベルも格上だというのに。隙あらば遠距離は殺しますよ。邪魔ですもん。

突っ込んできた短剣を【流水の型】で相手します。魔力が集まっていますね。光ですか。この距離ならショットか、もしくはランスですかね。こちらはショットを詠唱しましょう。

「【ライトランス】！　なっ……」

【鏡の型】でお返しして【ノクスショット】もプレゼントしたら、嬉《うれ》しさのあまり昇天してしまったようです。

【鏡の型】で暇そうな弓の人と遊びましょうね。

「うおぉ……!?」

「大変練習になります。もっと撃ってもらって構いませんよ。中々難しいんですよね。相手に当てるの」

歩きながらの型は難しいですね……上位の型なら楽になるのでしょうか？

「うるせぇ！　これでも食らってろ！　【メテオシュート】」

「それは悪手でしょう……」

「【チャージショット】」

斜め上から真っ直ぐ私に飛んでくる矢と、直進してくる矢をそれぞれ返します。どちらも直線的なアーツなので、反射先の予測が大変楽。

撃ってきたのがミードさんだったら辛いかもしれませんね。この辺りは完全にＰＳの問題です。練習あるのみ。

「完全に同時でないのなら問題ありません」

「嘘《うそ》……だろ……」

運が悪いことに【メテオシュート】の反射が当たってしまい、さよならです。その前からちょいちょい返してたので、ゲージ減ってましたし。狙ったのは確かですけど、難しいんですよね。

一号に魔法使いを集めさせ、そこへ移動し【魔力増幅】と【ダークバースト】で纏めて吹き飛ばします。良いですね、闇は。実に良い威力です。光だといまいち振るわないので、闇強化は中々の恩恵です。


〈種族レベルが上がりました〉

〈《魔法触媒》がレベル５になりました〉

〈《魔法触媒》のアーツ【マジカルスマイト】を取得しました〉

【マジカルスマイト】

対象を自身の属性で強打する。ノックバック中。


ふむ……経験値が美味《おい》しいですね。

アーツは距離を取る用のものでしょうか。自身の属性ということは、死属性になるんですね。人類だと無属性か。要するに、純粋な魔力で相手を吹っ飛ばす魔法ですね。

レッドは倒すと懸賞金が手に入るんでしたね。トロールよりは楽しかったし、臨時収入が入りましたし、悪くありません。

さて、ベルステッドへ帰……誰かいますね。《直感》が動きました。

「おっと、待ってくれ」

「……レッドプレイヤーではなさそうですね」

「PKを追ってたんだ。お見事」

「なるほど、PKKですか」

プレイヤーキラー。略してPKですが、プレイヤーキラーキラーもいます。PKKですね。PKを倒すことを専門としている人。まあ……イタチごっこですけど。

「おうよ。まさか姫様狙ってるとは思わなかったがな」

「しばらく冥府に籠もっていたので忘れていましたが、視線は感じていましたよ」

「そうかそうか。ところで、これ投稿しても大丈夫か？」

妖精が浮いているので録画ですか。特に困ることもありませんし、別に良いでしょう。

「別に構いませんよ」

「おし、話題提供してくるか」

「私は戻りますので」

「はいよ」

「【リターン】」

最寄りの町なので、ベルステッドへ帰還！

書き下ろし——キャンプイベント・宴会

ゲームなので満腹度はありますが満腹感はありません。つまり、こういう打ち上げは食べ放題（色々な意味で）に等しい。食材を狩りに行かないとなくなる程度には食べますね。

「『酒が欲しい』」

「『無理』」

お酒は材料が足りないのと、ここ安全地帯ではないのでＭＰも足りなくて無理ですね。お酒は時間がかかる。妖精の蜜を使った蜂蜜酒ならできなくもないと思いますが、妖精の蜜自体が少量ですからね。量産するには向きません。

「貝に醤油《しょうゆ》かけとくだけでうめぇ」

「そういやこのゲーム、貝毒は？」

「『……さあ？』」

「まあ……良いか！」

「貝毒は餌のプランクトンが原因らしいから、今なるなら全員なるな！」

森に行ってお肉と野菜。海に行って魚貝ですね。一応果物もあります。調味料関係は今回のイベントアイテムで困ることはないので、大変良いですね。

「誰かオーケストラバックにカラオケしない？」

「『贅沢《ぜいたく》なカラオケで草』」

「生演奏オーケストラカラオケ、ヤバ過ぎでしょ」

音楽部隊がそのままオーケストラですからね……。

周囲を見渡すと……ひたすら料理を貪る人、決闘モードで遊んでる人、そしてオーケストラカラオケですか。……カオスですね。

……あれ、どうなっているんでしょう。

「お姉ちゃんどうかした？」

「いや、あれどうなってるのかな……と」

「……ペンギン着たまま食べるのか」

「高性能ペンギンきぐるみ」

世の中は不思議なことで溢《あふ》れている……うん。


そういえば、フェアエレンさんは蜂蜜を使ったお菓子が食べたいとか言っていましたね。お菓子ではありませんが、ホットケーキでも焼きましょうか。

「フェアエレンさん、妖精の蜜はありますか？」

「んー……？　微妙にある」

「お菓子ではありませんが、ホットケーキでも焼こうかと思うのですが」

「お、良いね！」

「調味料セットに生クリームなんかもありますが、どうしますか？」

「森にいちごあったな……」

「エレン、私のも」

「えー？　じゃあ蜜採るからいちごよろしくー」

「分かりました」

　フェアエレンさんとミードさんが森へ行ったので、その間に準備でもしておきましょう。妖精の蜜は妖精種しか採れないので、フェアエレンさんが２人分の蜜を採ってる間に、ミードさんが２人分のいちごを採るようですね。

　帰ってくる２人の姿が見えたので、焼き始めるとしましょうか。

「姫様の分も採ってきました」

「これだけあれば……足りるやろー」

　ありがたく貰《もら》いまして、自分の分も焼きましょう。品質Ｃのメイプルシロップはあるのですが、妖精の蜜を使用。いちごを載せてホイップを絞って完成です。

「うまし！」

「ホットケーキとかいつ以来か……」

「ホットケーキミックス、ぶっちゃけ気まぐれに食べるには多いよなー」

「それ。生クリームとかも正直使い道に困る」

「いちごの用意とかもめんどい」

「かと言ってわざわざお店に行って、4桁出してまで食べたいかって言うと……そんなことはない」

「分かりみ。コンビニとかでデザート買って帰るわー」

「実に手軽」

まあ……誘われでもしない限り、まず行きませんね。妹はあれなので、パンケーキ食べ行かずにゲームするでしょう。

「お姉ちゃん私も」

「いちごないよ」

「……ホイップマシマシで」

リーナのPT分焼きますか。

「ホイップはいらないので、シロップ多めで」

「こっちはホイップ多めで頼むよ！」

「「普通で」」

アタッカーのノエリアさんがシロップ増し、タンクのグリセルダさんがホイップ多め、ナディアさんとヘレンさんが普通ですね。妖精の蜜はないので、普通のシロップを使用して渡します。

「んん～……ひさびさ！」

ホットケーキとか作らないからね……。

ホットケーキも食べ終わり、そのまま雑談しているところにエリーとアビーがやってきました。

「ターシャ、カラオケしましょう」

「リーナも歌うです！」

「オーケストラカラオケよ。レアだわ」

そりゃレアでしょうよ。まあ、貴重なのは確かですね。せっかくなので歌っていきますか。

「お嬢さん達、歌うのかい？」

「洋楽はいけるかしら？」

「いけるとも！」

私とエリー、リーナとアビーで分かれてデュエットですね。

エリーと歌う曲を決め、演奏組と相談。演奏組が確認している間に、こちらも軽く発声練習。演奏組の準備が終わったら歌います。

「『いや、2人とも歌上手過ぎでは』」

「声量よ」

「プロかな？」

「英語ペラッペラな！」

オーケストラバックで歌うの、壮大で結構楽しいですね……。

「あら、《歌》スキルが解放されたわ」

「私もされましたね……まあ、取らないで良いでしょう」

「これどういう補正があるのかしら？」

《歌》に関しては特に調べていませんね……。

とりあえずさっさとリーナ達と交代。

「こっちも……上手いな？」

「ふつーに上手い。でもこっちはなぜか微笑ましい」

「分かる。前の２人がガチ過ぎた」

「ああ、衝撃的だった……」

《歌》は……んー……ふむ。あっても良いと思いますけど、別にってところでしょうか。

「悪くはないわね？」

「そうですね。ただリアル側の技術でも補えるので、私達はＳＰ使って取るほどでも……ですね」

「路上パフォーマンスとかする予定はないものね……」

路上パフォーマンス時、住人から貰えるおひねりにボーナス。大きな声を出しやすくなる……などですね。リアルで発声練習とかしてる人なら、別になくても困らなそうなスキルです。ナディアさんとか音楽バフ組は必要ですけどね。ないとアーツが使えませんし。

「いや、『ソーラン節』は草でしょ」

「なぜそれを選曲した？」

「落差よな」

「カラオケ感溢れる〜！」

この雑多感、まさにカラオケですね。みんな好き勝手歌いますから、統一感は皆無。

「この曲は……ボカロだったよね？」

「ボカロだね。ルカだったはずー」

隣にいたリーナに聞きましたが、あっていましたか。

いろんな人がいるとはいえ、主にゲーム好き。大体アニソン、ゲーソン、ボカロ辺りですか。そしてネタ枠として『ソーラン節』とか『大地讃頌《さんしょう》』。大地讃頌が流れた瞬間大量に集まって、当時歌っていたパートに入るとか、凄かったです。「『案外覚えてるな！』」だそうで。

「お姉ちゃん！『ｍａｇｎｅｔ』歌おう！」

「良いけども」

「お姉ちゃんルカね」

「はいはい」

……覚えてますかね。久しぶりですが……多分聞けば思い出すでしょう！

「いや、上手いわ」

「この曲懐かしみ……」

「姫様&妹ちゃんの歌ってみた、どこで配信されてますか？」

「ライブ限定です」

「ガッデム！」

うん、覚えてましたね。良かった良かった。

「2人共これ上げておk ー?」

「あー……データ貰えますか？　こっちで上げます」

「私もいるー」

「あいよ。特等席で撮れたからなー」

どうせならデータを貰いまして、私のチャンネルで上げておきましょう。受け取ってアップロードです。

おや、モヒカンさんがいますね。それとあの犬は……駄犬さんですか。

「モヒカン……モヒカン好きなのか？」

「ヒヒヒ、何だぁ突然よぉ」

「いや、RP決まりまくってんな……ってよ」

「モヒカンにした理由はなぁ…………なんとなくだ」

なんか凄いことが聞こえてきましたね。マジですか。

「おい、マジかよ。というか素が出てないか」

「割とマジだ。リアルとは違う自分をしたくなっただけなんだ」

「……それでなんでよりによってモヒカンなんだ。他にもなんかあったろ……」

「リアルじゃこんな奴いないだろう？」

「いたらやべぇしな」

「強いて言うなら……キャラクリの時にモヒカンが目に入ったからか」

つまり……RPはするつもりだったけど、特にどんなキャラにするかは決めておらず、キャラクリを弄り回してたらモヒカンが目に入り、閃《ひらめ》いてしまった……と。

「モヒカンさん、RPを抜きにすればかなり真面目な人ですよね？」

「ヒャハハ、姫様じゃねえか。褒めても下品な言葉しか出ねぇぜぇ！」

「恩を仇《あだ》で返す奴で草」

「元々そういうタイプじゃない場合、頭の回転がかなり速くないと、RPってできないんですよ」

「姫様はRPじゃないんだっけか？」

「私はエンジョイロールプレイヤーなので」

「ああ、場合によっては乗るタイプか」

「そうなりますね」

　駄犬さんの疑問に答えておきます。

　実際RPしている人は、全体で見ればかなり少数ですからね。ムササビさんのPTが、私と同じエンジョイロールプレイヤーの筆頭みたいな感じ。あのスレイヤー組。私のフレンドもモヒカンさんぐらいでしょうか。シュタイナーさんはRPではなく、農家……ただのプレイスタイルですから別物です。

「あれは？　お嬢達とメイド」

「あれは見た目は狙ってますが、中身は素です」

「……それはそれであれなのでは」

「2人はあれで良いんですよ」

元々お嬢様ですからね。モヒカンさんとはまた別の方向です。リアルとは違う自分になりたいパターンと、リアルの自分をベースにしたパターンですね。この辺りは好みや気分の問題です。

「モヒカンさんは相当なギャップですよね」

「ヒヒヒ」

「ほんとやべぇ奴で草」

ナイフペロペロすると絵面がほんとヤバい。

「そのまま自分で舌斬れば良いのに」

「ダーウィン賞取れそうですね」

「ヒャハハハ！　阿呆《あほう》な死に方した奴に贈られるあれだなぁ！」

進化論者であるダーウィンにちなんだ『皮肉の名誉』です。自らの愚かな行為によって、子孫を残せない状態になる。それによって、自らの劣った遺伝子を世に残さない的な意味で人類の進化に貢献した……という実に皮肉な賞です。

「ヒヒヒ、あれちゃんと条件あるんだよなぁ」

「マジで？」

「そうですよ。ちゃんと決まっています」

まず死亡前などに子供がいたら貰えません。子孫残しちゃってますからね。そしてダーウィン賞を取ろうとして死んでも貰えません。『驚くべき愚行』を、素でやらかさないとダメなのです。そして自ら自然淘汰《とうた》……要するに死因が自分であること。自殺願望者もダメです。あくまで『その行為で自分が死ぬ可能性に思い至らない』阿呆に贈られる物ですから。精神疾患なども持っていないことが条件であり、何より目撃者や監視カメラなど、証拠が残っている必要があります。

「これらの条件が必要になります」

「ガチの皮肉で草」

勿論《もちろん》ブラックジョークの一種ですよ。人、死んでますからね。

「やほやほー」

「出たな植物！」

なんかよく分からない、植物性の何かに乗ったクレメンティアさんがやってきました。

「ごきげんよう。操作は慣れましたか？」

「ぼちぼちー。慣れると便利そうだよ、触手」

「私はゾンビなので、触手は怪しいですね……」

「使い込んでいきたい所存であります」

「是非頑張ってください」

オーケストラカラオケを聞きつつ、料理を食べながら、狼《おおかみ》・ゾンビ・植物で人外トークを楽しむ。

更にぶらついてトモとスグなどと話していたら、お祭り終了の時間がやってきてしまいました。

「はーはっはー！　俺だぁ！　帰るぞー」

実に楽しいイベントでしたね。４日目の嵐は許しませんが。

書き下ろし――宰相の憂鬱なる日常

女神ステルーラよ。今のあれは何とかならないものだろうか？　消滅させて良いならば、今すぐにでも殺ってみせますぞ？

……まあ、分かってはいるのだ。既に玉座から広がる奴の力は失われている。それはつまり、既にあなた様は奴に期待などしておられぬ。しかし祈らずにはいられない。早く替わりが欲しいと。儂《わし》は王の器ではなく、それを補佐する者。その方が性に合っているし、なによりそれを望まれた。女神ステルーラに望まれた以上、それを全うするまで……だが、思うこともある。なぜ阿呆《あほう》に仕えねばならぬ！　仕える側とて矜持《きょうじ》はあるのだ！　主からの命でなければお前なんぞに……！

生前だろうが死後だろうが、組織である以上、上に立つ者は必要だ。そしてその率いる者の最たるものが支配者であり王だ。上に行けば行くほどその責任は増え、理解者も減ってゆく。王ともなれば、王妃が唯一妻という立場で発言できる、最後の砦《とりで》のようなものだ。他の者では隣には立てぬ。我らはあくまで側近。部下なのだ。王が友を得られたのなら、間違いなく幸運と言える。

儂もここへ来て、はや千と数百年。様々な者達を見、接し、送ってきた。人を率いることはそう容易くなどないことをよく理解している。だが稀《まれ》にいるのだ、自然と人を惹《ひ》き付ける者が。所謂《いわゆる》カリスマ持ちが。王家に毎度そういった者が生まれれば、それはなんと素晴らしいことか。しかし、それは稀だ。極稀なのだ。そう都合良くはない。

最初からカリスマを発揮しろと、無茶を言うつもりは更々ない。王族も大半が後から得たものだろう。側近は知っているのだ。王の……主の苦労を。王子時代からの血反吐を吐くような日々の努力を。なぜなら自分達も、主を支えるために努力をしてきたのだから。お互いの苦労、お互いの努力、そして同じ道を這《は》ってでも進んできた戦友。

王家の最後の砦たる近衛。王妃が妻としての精神的な砦とすれば、近衛は物理的な砦だ。代替わり前の隊長や騎士達は、王子が子供の頃からその努力を見てきた。新たに近衛を目指す騎士達とて、そんな彼らを見ることになる。または見たからこそ、その道を目指した。彼らなら祖国を、故郷をより良くしてくれると信じて。だからこそ、自分の命を懸けて王族のために盾となり、敵を討つ。

王子も、側近も、騎士も、求められている能力は違うだろう。しかし、各自それを目指して努力をしてきた。それこそが彼らの矜持だ。

……それに比べどうだ、うちの小僧は。あの阿呆……女神ステルーラに認められておきながら、早々に堕落しおって……！

「おや、宰相。またお祈りですか」

「早く替わりが欲しい」

「……切実ですね」

「正直、そろそろグラーニンがな……」

「あぁー……まあ、総隊長だけではないのですがね……」

「お前とてそうであろうよ」

そもそも不死者として幽世にいる我らは、全員が信者だ。でなければ不死者ではなく、死霊であり霊体だ。女神ステルーラの望みなくして、我らは不死者たり得ない。あの小僧は本当に良い度胸をしている。

「あれはそれなりに永いはずですが……そんなにあの椅子が良い物ですかねぇ……」

「俗物の考えることなど分からぬよ」

「クリスタルロータスも咲いていなければ、領域も変動なし。既に意味がないんですがね……」

「阿呆にはそれが分からんのだろう。いや、分かりたくもないのかもしれんな」

「……信者の一人として、ああはなりたくないものですね。飼い主が誰か忘れるなど……」

「我らの主はステルーラ様だというのになぁ……」

既にどうしようもないところまで来ているので、今更だろう。既に見放されているのだ、主に。

評価というものは他人から得るものであり、褒美は主が与える。冒険者は依頼主に評価され、褒美は冒険者組合から冒険者ランクが与えられる。騎士は同僚や上官、はたまた民から評価され、褒美は王より爵位、昇格、名誉などが与えられる。使用人は子息や令嬢、夫人に評価され、当主から追加報酬や休みなど褒美が与えられる。立場によって相手や得るものが変わるだけで、同じこと。

「結局あれは、何がしたかったのでしょうね？」

「さてな……」

我らの立場は騎士に近い。『主という唯一に仕える者』だからだ。

では小僧は？　主から与えられた役目を忘れ、主から見放された者は、いったい誰が評価してくれるのだろうな。誓ったはずだ、主に。その誓いを破った以上、救済はない。その辺り、我らが神は特に厳しい。慈愛の女神ではないのだ、我らの主は。

確かに幽世にも王はいる。支配者という王が。だが、それは主ではない。支配者という仕事だ。

支配者も含めた我ら不死者に、褒美を与えるのは主である女神ステルーラのみ。

「評価と褒美は必ずしも同じではない。褒美を与えるのは主にしかできないというのに」

「自分が王になったつもりなのだろう、あの阿呆は」

「まあ今更気づいたところで……ですか」

「既に後に引けん。だからあの象徴とも言える椅子に縋《すが》っているのだろうよ」

まあ放っておけば良いので、良いといえば良いのだが。行動力のある馬鹿よりは遥《はる》かにマシではある。やたら行動されてそのたびに問題をおこされるよりは、空気の方がマシだ。

〈近いうちに替わりが狭間に現れるはずです。挿げ替え、上手く導くように〉

なん…………。

「宰相……」

「お前も聞こえたか……ふむ」

「誰に伝えますか？」

「グラーニンとエリアノーラには儂が伝えよう。お主は裁定者《さいていしゃ》に伝えた後、狭間で待機」

「お迎えを私が？」

「さすがにグラーニンを動かせばいくら奴でもバレよう」

「その気づく理由が、総隊長自身の存在感のせい……っぽいのがなんとも」

「順番は法廷、訓練場、離宮、そして儂のところだ。立像に祈るのは玉座に座った後だ、良いな？　では頼んだぞ、副隊長」

「了解」

マルティネスならば奴も気づかんだろう。グラーニンが強烈だからな。マルティネスは代わりに裏方の方が多い。グラーニンに伝え、１人にそれっぽくさせておけば分からんはずだ。

さて、今度の支配者はどの様な者か。上手く導けということは、まだまだ新人なのだろうか。ああ、楽しみだ。実に、楽しみだ。今があれだ、多くは望むまい。自分の役割と主への信仰を忘れなければ良い。優秀でなくとも良いから……願わくば、努力する者であることを願う。我らは永いのだから。常に理想の支配者を目指すなれば、我らも常に手を差し伸べ、理想の配下でありましょうぞ。

あとがき

ごきげんよう！　子日あきすずです。

5巻でございます。今回は4巻で終わらなかったキャンプイベントが終わり、主人公の進化です。今回はWebから変更……というか、追加部分が多いです。今までで一番多いんじゃないですかね。

ということで表紙見ましたか表紙！　いや、見ないで買うのは至難の業だと思いますけど。そう、Webではなかった装備のデザイン変更です。色褪《いろあ》せたシリーズの装備から、本来はここで装備にしっかりと色が付くのですが、書籍は1巻時点で既にカラーでした。まあ、本の表紙で色褪せてるのはね？　うん。ということで、書籍用にデザインを変えました。実に良い。大変良き。

さて、先にあとがきを読む派の方、ここから先はネタバレが多分に含まれます。


ついに不死者達の管理領域、冥府と奈落に到着です。簡単に言えばあの世。天国が冥府で、地獄が奈落という認識で構いません。

不死者達がいるのが幽世です。幽世は冥府と奈落、二つ纏《まと》めた呼び方ですね。外なるものがいるのが深淵《しんえん》。幽世と深淵、これらを冥界と呼び、ステルーラ様が司る領域となります。この領域にいる不死者と外なるものは、どちらも女神ステルーラ信仰の者達であり、はっきりと信者と言える奴《やつ》らです。彼らについては今後、掘り下げられることでしょう。

玉座に座った主人公のことを、古参組はサイアーと呼びます。作中でも出しましたが、一般的ではありません。スペルはSIRE。調べると昔は陛下や支配者などの意味があった……ようですね。これはWeb版の感想で貰《もら》った中から選んだものです。1人が何個か教えてくれましたので、その中から採用しました。『ユアーマジェスティー』とかもあり、この方が一般的でしょうが、長い。何よりも長い。小説ですから、文字数は大事です。呼びかけな以上、ほぼ確実にセリフの先頭に入ります。つまりどういうことか？　セリフが1行に収まらない可能性が上がる。重要だと思います。

そして追加、書籍新規部分です。Web版ではあっさりと玉座に座っていました。ここに当時、明らかにイベントポイントだけど、考えるのが面倒くせぇとぶん投げたイベントを挟みました。そう、Web版にあの王子（笑）はいません。新規嚙《か》ませキャラです。嚙ませなので、今後出番はない。出落ちです。お可哀そうに。そのくせ絵がある。……なんてこった！

実はあのイベント、NPCからの見極め……という名の初期値好感度の決定かつ、今後しばらくの好感度増減量の決定イベントです。第一印象は大事……ということですね。不死者達からしたら、あの世のトップである閻魔《えんま》様が情けをかけるようでは困るのです。黒を白という奴は害でしかない立場です。罰にならないので。

そしてこれがとても大事な情報ですが、実はこれら……ぶっちゃけRP用なので、そうでないプレイヤーだった場合、正直気にする必要はない。その場合の恩恵は、お高いハウジングをただで貰えたぐらいですね。

今回の書き下ろしはページ的な余裕もあり二つです。一つはイベント終了後の宴会を掘り下げて、もう一つはなんと宰相です。そして……実は一つ言っておかなければならないことがあります。

宰相視点の書き下ろしを書き終わるぐらいに気づいてしまったのです。これ、ゲームだから宰相はAIなんですよ。宰相視点っていうか、バックストーリーだよな……ってことに気づいてしまいまして、『とある侍女の奉仕生活』というエリアノーラの話や、スヴェトラーナの話はなくなりました。実に悲しい。奴らに中の人はいない。

ということで、宰相はレアパターンになるかもしれません。

あとがきはこのぐらいにしておきましょう。

5巻はお楽しみ頂けたでしょうか。6巻でお会いしましょう！

二〇二〇年十月某日

Kラノベブックス

Free《フリー》 Life《ライフ》 Fantasy《ファンタジー》 Online《オンライン》
～人外姫様《イモータルプリンセス》、始《はじ》めました～5

子日《ねのひ》あきすず

2020年11月30日第1刷発行
2021年 4 月 1 日第2刷発行

発行者	森田浩章
発行所	株式会社 講談社 〒112-8001　東京都文京区音羽2-12-21
電　話	出版　(03)5395-3715 販売　(03)5395-3608 業務　(03)5395-3603
デザイン	浜崎正隆（浜デ）
本文データ制作	講談社デジタル製作
印刷所	豊国印刷株式会社
製本所	株式会社フォーネット社

ISBN978-4-06-522123-5　N.D.C.913　323p　19cm
定価はカバーに表示してあります

ファンレター、
作品のご感想を
お待ちしています。

あて先
〒112-8001　東京都文京区音羽2-12-21
（株）講談社　ラノベ文庫編集部 気付
「子日あきすず先生」係
「Sherry先生」係

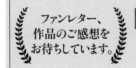